茶山

雷平阳作品系列

雷平阳 著

广西师范大学出版社
·桂林·

茶山

目 录

01 倚邦、易武记 /001

02 习崆山中的对话 /035

03 南糯山记 /045

04 大雪山上的茶祖 /079

05 巨石上的曼糯山 /111

06 西定巴达：佛陀的茶园 /131

07 布朗山记 /149

08 布朗山续记 /175

09 忙糯的香炉 /203

01

倚邦、易武记

一

黑山对黑山，牛角对弯弯；
谁能破谜底，金银一大罐。

民间传说，这是刻于倚邦土把总、奋武郎曹秀的妻子陶毓大墓上的一条谜语。曹秀及其父曹当斋，乃至其后人曹世宠、曹世德、曹辉业、曹铭、曹瞻云、曹文应、曹清明、曹仲书等土千总和土把总，各种文献中均有墨痕透纸，古六大茶山的灵魂游荡于曹氏家谱之中。唯独这一谜语盛传于民间。民间，是一部平躺在大地之上的史书，有石头、泥土、植物和生灵，不断地在其间枯荣幻变，催生催死，丰饶和苦难相生相伴。但它往往也像一串无法破解的谜语，谁都很难在土司、贡茶、商旅、匪患、贞节牌坊、皇帝诏书、瘟疫、谋杀和古道等一系列必须加以无数备注的词条中，找出一个有关时间和史实的谜底，并因此得到设谜人所藏的那一大罐金银财宝。而且，普遍情况是，当我们一层层剥开光阴的尘土，往往什么也找不到，每一座坟冢之中，埋葬的只是衣冠和灵魂，那些离坟而去的人，我们真的不知道他们去向何方。更要命的是，诸如阿卡寨，当有人从四川来信，说一个叫"三楞坎"的地方埋着一大堆银子，人们却连哪儿是"三楞坎"都不知道。

也的确有人醒着，在一连串的风暴眼中，他们因为家族的那盏不灭之灯的照耀，在多年以后，不经意地就道破了天机。在《蛮砖、莽枝、革登记》一节里，大家都看到了，我为时间所困，找不到古六大茶山衰败的原因，可到了曹氏家族的手上，这纯粹是小儿科。与1936年承袭倚邦土司之职的曹仲书同辈的曹仲益先生，在1965年10月说："病疫的流行，尤以道光年间以及民国初年两次较为严重……"又一份资料写道："道光二十五六年间，茶民俱遭瘟疫，无药治疗，三死其二，故应解贡典，不能早完。此证实当时人口死亡甚众。"话语中的两个时间概念，"道光二十五六年间"，即我所考察的孔明山下石梁子寨众多坟冢的葬埋时间；民国初年，则是莽枝大寨豪门张氏、革登大寨邵氏等家族的衰败期。没错，都是瘟疫葬送着人间的命运，都是瘟疫在主持着一场生与死的悲喜剧。两个时间，先倚邦，后易武，人没逃过厄运，茶亦没能幸免。想想，当"三死其二"，或如莽枝刘氏"十六弟兄如数死光"，或如革登潘氏"九弟兄剩一"，人烟早已被抽空了，什么贡茶，什么倚邦和易武，岂有不空之理？

二

2006年,《西双版纳日报》创办《普洱茶周刊》版时,我的朋友刘大江曾约我写发刊词。在那篇短文中,我强调了这样两个观点:第一,普洱茶乃是喜马拉雅文化圈里的产物,别于传统中国茶文化;第二,在100年时间里,伟大的倚邦和易武,由大都市变成了废墟,上海则由小渔村变成了大都市,云南的区域文化存在着严重的反向或返祖现象。

说倚邦和易武是大都市,是基于古代的城建规模,而非今日以千万人口之众来衡量大城之大。说倚邦、易武之大,最确切的资料源于檀萃之《滇海虞衡志》:"……周八百里,入山作茶者数十万人,茶客收买、运于各处……"数十万人,集于六山之间,是不少了,如若都屯居于倚邦或易武,则不堪其众。因人众而为城,素来都是人类发展史上的惯例,因此,自清雍正七年,即1729年开始,倚邦都是倚邦土把总司的所在地,1927年曾设县称象明县。至于易武,亦于1729年因伍乍虎(善甫)"率练杀贼有功"授土把总世职,而成为易武土把总司所在地,历经伍朝贵、伍朝元、伍英降、伍耀祖、伍荣曾、伍定成、伍长春、伍树勋和伍元熙等十代土司,1929年由象明县分出,设镇越县。

易武有一石洞,或称马道子石洞,或称白云洞,或称仙人洞。傣语称"探目易武莱",探目,洞之意;易武,母蛇或女蛇之意;莱,花朵之意。全句即"花朵般美丽的母蛇居住的石洞",这就是易武被称为"美女蛇居住的地方"的来源。在这个洞中,有清人张汝恭题写的"天涯"二字,字风字骨,与海南三亚的"天涯"大同小异,都是天地的死角,石壁上的字犹如偏居林中的象,壮硕肥美,但又如被逼至绝路的英雄,铁骨成灰。"天涯"二字的旁边,是1896年云贵总督崧蕃被派往此地,与法国人勘界并割让勐乌和乌德两地的官员们题写的诗词。其中一个叫许台身的,一贯的汉官脾气,说什么"若使祖龙鞭可借,岂容流落在南蛮",他以为这个南蛮石洞配不上他,真是不知敬畏。不过,他的《浪淘沙》倒是说出了他们这些只知割土求和的清代官僚的国格之痛和人格之小:"奉使出岩边,谋虑多艰,才疏朝夕愧无间。最憾重洋来外侮,民事堪怜。世事莫争妍,沧海常迁,天留奇洞在人间。补种桃花三百树,遁迹桃源。"真是弄不明白,国难当头,土地割了,他还想着在这儿补种桃花,隐居了事。与许台身一起来的,还有一个人叫黎肇元,也在石壁上写了《浪淘沙》:"边外寄行踪,直道难容,盘根错节难英雄。璞抱荆山空自叹,气吐长虹。往返两春冬,世事朦胧,欺君秦桧主和戎。纵有张韩刘岳出,失水蛟龙。"读这种人的词,总让人觉得晦气,有负易武的青山绿水,镶刻于石,石之大辱。一下子就想起了对英法等帝国进行"零容忍"的林则徐，他一样的不得志，宦海沉浮，身不由己，可他一旦有机会直面洋人，出口的诗句则惊天地、泣鬼神："力微任重久神疲，再竭衰庸定不支。苟利国家生死以，岂因祸福避趋之？谪居正是君恩厚，养拙刚于戍卒宜。戏与山妻谈故事，试吟断送老头皮。"因为如此，英国蜡像馆在鸦片战争后不久，还无限敬仰地为林则徐夫妇塑造了蜡像，特拉维斯·黑尼斯三世和弗兰克·萨奈罗合著的《鸦片战争：一个帝国的沉迷和另一个帝国的堕落》一书中，亦称林则徐"像碧蓝如洗的天空一样纯洁无瑕"。反观这两个偷生于易武、一副失魂落魄状的小官僚，真让人哭笑不得，他们的气度，与镇越县长、宣威人赵思治相比，都是人鬼两重天。赵思治刻于石壁的诗云："两场古洞本相间，只为兵农日往还。壁峭悬岩难结草，泉清亭小可培兰。喜邻桃源添广厦，啸傲竹城含远山。金瓯已缺空浩叹，国防重寄在荒蛮。"

　　清代时茶热，缘于清朝廷于六大茶山采办贡茶，并于倚邦的曼松建御茶园，且于道光二十五年，即1845年修通了易武至普洱的240多公里的石板大路，辅之民国又设县沿于倚邦和易武。倚邦和易武，连同曾设同知的基诺山巴高，无疑都以茶叶的名义，在中国的边缘政治史上，留下了堪称神来之笔的一阕华章。神鬼莫测的是，不足百年，几度兴衰；再不足百年，1941年，攸乐起义，战乱中倚邦毁于大火，之后便一蹶不振；

易武虽未遭较大的颠覆，亦唇亡齿寒，满目都是废墟。自2000年以来，我多次徜徉于倚邦街和易武镇，最大的感触，它们并没有因近年的普洱茶还魂而强势崛起，除了一拥而上的制茶作坊透出勃勃生机以外，两个名满天下的普洱茶圣地，仍然像天下无数的圣地一样暮气沉沉。钢筋水泥的房子多起来了，与制茶有关的残碑、压茶石、庙宇和会馆，却在大踏步地消失。与那些埋魂的古墓相反，我的印象中，当代代相传的普洱茶文化之魂，被人们用当代的咒语和魔符逐出寨门，这儿存活的无非是普洱茶的行尸走肉。我不是一个工商文明时代的悲观主义者，可曹仲益先生《倚邦茶山的历史传说回忆录》中的一段文字，如金石之声，洪钟大吕，震得我耳膜欲裂："民国二年，内地汉商又逐渐流入茶山，才又将茶叶经营起来……此次茶叶经营的兴起，历史不过二十几年，虽然远不及过去清朝时代，但也可观……又听人讲，这次茶叶的衰退，源于茶商抢购当中，制造了部分假茶，特别是易武搞的较多，致使对方不买。所以历史的名茶倒了牌子，造成制茶停业（此事记得我是在易武区曼腊乡丁家寨杨玉勋处所闻，该人原是那里的本地人，而且也是小茶商之一，我自己也认为可能有之），从此以后，茶号倒闭，使倚邦的茶业遭到了严重的不可弥补的损失。"众所周知，在解释民国时期的古六大茶山普洱茶衰败之因时，常见的解释都说缘于法国人的无端打压，使越南这一普洱茶的最大聚散地受到了不可想象的破坏，但曹仲益先生的文字，却让人在疯狂地把外因罪责无限扩大的时候，一针见血地挑开了内因的巨大脓疮。我知茶农命运多艰多舛，我亦高声呼吁建立"古六大茶山普洱茶文化保护区"，可当历史的闹剧露出重演之势，我亦只能像题诗于石壁的那两个小官一样，空叹息。

为此，从人类文化学的立场来看，倚邦和易武，仍然在不断地缩小。《后汉书·南蛮传》曰"交趾……西有噉人国，生首子辄解而食之，谓之宜弟……"，这种"食长子之风"，《墨子·鲁问》云："楚之南有啖人之国者桥，其国之长子生，则鲜而食之，谓之宜弟。"同样，在《墨子·节葬》中也有记载："越之东有骇沭之国者，其长子生，则解而食之，谓之宜弟。"噉人国、啖人国和骇沭国，之所以食长子，据说是因为这些国家的人们婚前性行为极度自由，长子往往不知来路，为了纯洁血统，所以食之，而且这些国家有幼子继承父业的传统，长子不食，恐生后患。这种"宜弟"之习，让人毛骨悚然，但如若我们把古六大茶山视为普洱茶的父母，把祖先传袭下来的普洱茶文化视为父母所生的长子，那也就不难发现，"食长子之风"并没有灭绝，所谓"宜弟"，不仅没纯洁血统，反而让那些打着科学旗号，用外人捐献得来的精液，靠试管人工孕育而成的孩子，掌管了父母的领地。

也就是上一个月，在我走访古六大茶山的时候，曾接过一位朋友的电话，她说，针对某些强势媒体对普洱茶的恶意攻评,一些茶商和学者,在昆明召开"保卫普洱茶研讨会",希望我参加。我肯定不会参加。第一,在我心中仙品一样的普洱茶,不需要谁来保卫。第二,面对一点点风雨,淡定寂静并屡遭内外邪力挤压的普洱茶,具有一笑置之的品性。第三,南糯山的古茶树王一听"保护"二字,自己就被吓死了,"保护"二字,犯凶;同样,当易武成立普洱茶博物馆,我力主的"保护"所导致的是,向守馆的工作人员敬索一点文史资料,他的第一句话是"拿钱来",所谓"保护",不是推广和分享,而是封锁和垄断。第四,别人是在为保卫自己的钱袋子而努力,我在旁边喊口号,自作多情。第五,别谈保卫,洗手焚香,认真做茶,茶之大幸焉!第六,授人话柄,还不让人说,天下哪儿有这样的理?巴菲特有句名言在世界上广为流传:"只有在潮水退去时,才知道谁一直在裸泳。"我以为,有此潮水退去的良机,不妨让我们看看究竟是谁一直在不知廉耻地裸泳,因为我也早已厌烦了个别败坏普洱茶清誉的不良茶商。

三

在距倚邦街两公里左右的一道山梁上,埋着"普洱茶之父"曹当斋,这道山梁也因此被称为"官坟梁子"。与易武土司伍乍虎一样，倚邦土司曹当斋，于清雍正七年，即1729年，因"率练杀贼（缅甸军队）有功"而被授土千总世职，乾隆三十三年，即1768年，以军功升土守备，其辖攸乐、架布、习崆、莽枝、蛮砖和革登六大茶山。在整个清代，倚邦一直都是古六大茶山的心脏，而作为清朝廷的土千总和土守备，亦作为清政府任命的第一位六大茶山贡茶采办官，曹当斋在统治六大茶山期间，其最大的功劳，也许并不是他将普洱茶推到了贡茶的位置上，更重要的是，他从四川等地招募了大量的人员入山种茶，使六山真正成为茶叶之山。《勐腊县志》载："清雍正元年（1723年）前，茶区农民就采制树林茶，即大叶种茶。雍正年间（1723—1735年）石屏、楚雄、四川等地汉族迁来本地茶区后，带动当地少数民族开始对树林茶进行改造，砍去茶树周围的杂树草，翻松茶地，实行中耕管理。乾隆嘉庆年间（1736—1820年）开山种茶，大建茶园，实行育苗移植法种茶，品种均为大叶种茶。"此中所列时间，绝大部分都属曹当斋执政期，只有其死后（乾隆三十八年，即1773年）的时间，才是其子曹秀当政。也就是说，在曹当斋管理古六大茶山的44年内，历雍正和乾隆两朝，他以非凡的远见卓识和强大的执行力，安抚夷民，开山种茶，整修道路，打击奸商，营建了普洱茶空前绝后的黄金时代，让几千年来隐身滇土的普洱茶走上了波澜壮阔的茶叶贸易的历史舞台，并夯实了普洱茶作为贡茶的茶山根基，其开辟的曼松御茶园，更是把普洱茶的历史地位推至巅峰。

"官坟梁子"距倚邦两公里左右的路程，但要从乡村公路下到曹当斋的墓穴处，则要走半个多小时的林中小路。小路的入口处，长满了最常见的飞机草，一种极端丑陋而繁殖力又无比强劲的草。据说这种草之所以叫"飞机草"，乃是因为它们是抗战时期日本人的飞机撒播下来的，日本人的目的，就是要让这一片锦绣河山变得丑陋不堪。我不懂植物学，什么时候得求证一下。在飞机草旁边，丢着一双沾满了泥泞的旅游鞋，想必是某个茶人，在拜祭了"普洱茶之父"后，在此换鞋而遗下的。

路至林中，以一小块空地为圆心，分成了很多条小路。与我同行的王智平，一边采食野果和野树尖，一边跟我说，任何一条路都通向当斋墓。并且，还补充了一句："我也要好好做茶，至少要把普洱茶的传统文化精髓传承下去，让人们能喝到最好的普洱茶。等到死了，也建一个墓碑，让无数的人们在墓前走出一条路！"想想，他说得非常有理，曹当斋这个入山做茶的川人后裔，尽管他全部的心力并非只花在茶上，但成为土司，他的德行，须服众，一个异乡客，血统不正，服众之艰更甚；作为朝廷命官，才智韬略，杀贼驱虏之功，须在人上，既不惹怒山水，又要邀民心，悦朝廷，殊为不易！埋骨山野者，何其多矣，能在极地开辟近两百年的家业而上下皆誉者，不多。从其阅历，我们亦发现这样一个真理，作为一个好土司和好的朝廷命官，他肯定做下了数不清的善举德行，可令其名垂青史的却是普洱茶，何也？为民生计，一善传万年。我之仰当斋，因他不像其他汉官因文化和生理上的水土不服而出言不逊，他力主汉风融入夷风，就连家族的血液，也都化作了这片土地的甘霖。仅乾隆一朝，曹氏两度为帝王敕命，所谓世俗的荣耀，也难出其二了。据家住莽枝山牛滚塘的袁其先老先生讲，曹家的一位后人，曾著书叙述曹家与古六大茶山的血缘史，我想读之，可惜都毁于"文革"，一本都找不到了。

桃李无言，下自成蹊。我所选的那条通向当斋墓的路，树影浮动，太阳的光，一块一块的，就好像在天上人间的旅程上，有无数的神灵在不停地搬运黄金。与我想象中的圣灵之墓存在巨大的差异，我以为当斋之墓，一定有维护和修缮，而实际情况是，这一个古六大茶山的心脏，敕命碑旁长出了大树，碑体倾斜，欲倒未倒；坟墓亦如其他古墓，明显地惨遭过人工的践踏，一种类似于勿忘我的蓝色小花，淹没了被打掉下来的古狮子头。唯一忠心的是一群蝴蝶，绕着坟墓，上下翻飞。若人魂真能化蝶，想必其中的某一只，就是1773年曹当斋那不死之魂所变。两百多年过去了，它仍不肯离开，因为从这儿就可以看见倚邦街，尽管那儿的土司府只剩下了几块柱石，像围棋中的残局，永远不会再有人去接着对弈。当斋坟的四周还有多座曹氏之墓，都被一一盗过，刨口处的野草和青藤，极力地想缝合这道德沦丧时代人类所留下的、象征兽行的耻辱之门，可它们依然敞开着。当高贵者的歇息处变成了人类谱写邪恶之诗的舞台，我这一个诗人，满脸羞愧，泪化成血。也许几双盗墓人的手，拿走的只是一点点殉葬之物，而疯狂的"盗心"抽空的却是神殿的基石。

立于坟墓约10米外的大碑，亦称安人碑，当地人称"乾隆大碑"。碑高2.35米，宽0.73米，碑顶和两端刻有龙头龙身，龙头欲交未交处，是乾隆皇帝的玉玺。碑文如下：

奉天承运皇帝

制曰：国威覃布，尚勤辇彭之思，武备勤修，允重干城之选尔，云南普洱府属茶山倚邦土千总曹当斋，材勇著闻，哗韬铃娴，习戎行振，饬具知壬伍无哗军政修明。

因现拊循有素，欣蓬庆典，宜焕温纶，兹以覃恩授尔为昭信校尉，锡之敕命，于戏策幕府之勋名。祗奉休命，荷天家之光宠，勿替戒劳。

制曰：策府疏勋甄，武臣之茂绩，寝门沿续，治叶阐贤，助之薇音尔。云南普洱府属，茶山倚邦土千总曹当斋之妻叶氏，毓质名闺，作嫔右族，撷蘋采藻，凤彰宜室之风，说礼敦诗，具见同心之稚。

兹以覃恩，封尔为安人。于戏锡龙，章于闺阃，惠问常流。荷嘉奖于丝纶，芳声永劭。

敕命
之宝
乾隆贰年叁月初陆日颁

与此碑相似的，还有倚邦大黑山当斋之子曹秀之妻的古墓碑坑，碑文尚存于文献，碑已遭毁。碑文亦是乾隆皇帝的敕命。当地人称之为"贞节女牌坊"，因为曹秀率兵抗击入侵的缅兵，英年早逝，这位傣族"孺人"守寡近40年。敕命时间为乾隆四十二年，碑文大致相同，最大的异处是，当斋之妻被封为"安人"，曹秀之妻被封为"孺人"，此处不录。据传，大黑山古墓，规模极盛，用大象驮来的大理石，经50个内地请来的工匠精心雕塑，搭设起来的墓园，在此不尚坟垒的夷边，犹如天堂。为此，也才难逃"文革"之厄。有传闻，毁此墓用的是炸药，不知是否属实。我曾在云南昭通永善县的佛滩乡，见识过以炸药炸毁吞都庙宇会馆所留下的废墟，手法雷同，时岁相当，想必没什么意外。

建一种新文化，就要把旧文化连根拔掉，这是人类文明史上屡有发生的重大行为之一。前几日，吾兄万迪恒赠我西林所编《残照记》一书，辑录的均是1840年至2000年一些中国人临死前的遗言。上有"中国维新第一导师"翁同龢的绝笔诗："六十年中事，伤心到盖棺；不将两行泪，轻向汝曹弹。"唉，如果坟中人还能流泪，他们会对生者流吗？同时，书中还录了段祺瑞的遗言"八勿"。其中有"二勿"："……司教育者，勿忘保存国粹；治家者，勿弃固有之礼教。"这"二勿"，在曹氏坟茔之毁的关节中，都反其道而行之了。鲁迅先生写过有关"三一八惨案"的文章，即著名的《记念刘和珍君》。这一惨案发生时，段祺瑞是民国总理，他闻讯后，立即赶到现场，面对死者长跪不起，随后严惩凶手，并引咎辞职，终生食素，以示忏悔。他之遗言，亦是国之粹！

1942年攸乐战乱的大火，在焚烧倚邦街的时候，口号是："杀鸡不剥皮，杀汉要留彝。"因此，整座倚邦山城，只剩下了与基诺族有亲戚关系的倚邦乡长宋耀光一家的房子，什么土司府，什么关帝庙、川主庙、石屏会馆、江西会馆，什么正街、石屏街、曼松街，什么园信公、惠民号、升义祥、鸣昌号等茶庄，统统都变成了火中飞花，现在的所谓惠民号遗址，无非是在相同的地方又建起了一座房子，唯一承袭的，是一块不知从哪一座旧宅上搬来的浮雕石条。这样的石条以及石碑，杂草中、街面上都能见到，正如曹家的那座府邸，一家之石，变成了多家之石，或镶之于墙，或饰之灶台，或为台阶，或深埋于土。埋在土里，又常被雨水冲出来的，是清朝各个时代的旧币，我曾遇到一个操红河口音的老太太，提来一塑料袋，让我们辨识。

倚邦街，一条荒街。出倚邦的古道口，有一台球桌，几个小孩围在周围。有人藏了清代的一块匾，上书"福庇西南"，按字义分析，疑为曹府之物。匾挂于墙上，墙脚就是地铺，所谓福光，照耀的，更多是睡眠。

四

王崧的《云南通志·宁洱县采访》中，对古六大茶山的界定是倚邦、架布、习崆、蛮砖、革登和易武，没有攸乐和莽枝，但更确切的说法，所谓六山者，有莽枝和攸乐，而无架布与习崆。但从这说法中，我们还是可以看出，架布和习崆在古六大茶山的历史上，一定扮演过重要的角色。原普洱县外贸局局长赵志淳先生，1983年在一篇文章中说："经查考史料，据《普洱府志·地理志四》所载，攸乐山分为架布、习崆二山，所以架布、习崆实际上就是攸乐山。"这一说法，是错误的。第一，架布与习崆，远隔攸乐山，中间立着革登、莽枝和蛮砖，与攸乐山一点关系都没有；第二，王崧所谓"古六大茶山"，更多的立意基于倚邦土司所辖,无非弃攸乐和莽枝而取架布与习崆,易武乃易武土司所辖,取之,则是混淆之过;第三,架布与习崆,本就有独自成山成名的综合实力,所谓命名,一时之势也,不排除王崧捉笔之时,架布与习崆正如日中天的可能;第四,于官方文献中进行推理和考证,远不及田野考察来得确切。

架布与习崆一如彗星,一闪,划过天际,便消失了。但这两座山,今日仍是茶山,划属倚邦茶山。或者说,自古以来,这两座山一直都系倚邦茶山的一部分,无非有人将其单独地拆分出来。就像今日的班章,从来都藏身于布朗山,因其声名大噪,有人便只知班章而不识布朗山。不同的是,倚邦太盛,习崆和架布,永远都不可能盖住它。

习崆离现在的象明乡所在地,只有几里路。站在象明街上就可以看见高耸入云的习崆岩子,那儿每天早上都飘着白雾,时隐时现,状如象明街的守护神。王梓先老先生说,以前去习崆,翻此山就要两个小时。现在,乡村公路修通了,20分钟就可到达习崆老寨。在老寨处看这面山岩,像一只巨大的乳房。作为习崆人,致力于古六大茶山历史考证的高发昌先生说,习崆老寨,原有800多户人家。现在一户都没有了,搬至山下的习崆新寨,也只有几十户人家。寨基所在处,重新长出来的大树,或砍或烧,躺在玉米秧子中间,都足以诉说一段繁茂的成长史，在时间的河流上，老寨在那头，我在这头，彼此都抵达不了。我让王梓先老人指认寨基，他也觉得好笑，因为他指向之处，所谓石板大道、所谓纵横旁出的街道、所谓依山而筑的房子，仿佛从来就没有过，纯粹就是一个虚拟的王国，类似于基诺人的司杰卓密。作为昔日这些老寨烘托的雅典——倚邦街，都已成为一个只有43户人家的荒村；而且，当得知生长茶树的皇亲国戚的曼松也只剩下33户人家时，我实在找不出理由，威逼来往的清风，将它带走的人们全都喊回来。

人云亦云的石板路，早就躲起来了。遍山的茶树，也像它们的主人，不知去向何方，更多的是刚刚栽下的橡胶林。据象明乡政府统计，习崆一山，2006年产古树茶，仅有1吨，我怀疑此数据，可白纸黑字，我一点也不敢把它改成100吨。从习崆老寨旁新修的泥土路继续朝大山深处走，路的两旁生长着一种叫"割皮树"的植物。这种树，叶片可以喂猪，树皮因其纤维密实而成为手工造纸的上佳原料。我查了一下资料，这种"割皮树"，就是植物学中的构树，且西双版纳傣族地区一直有生产"构皮纸"的传统。这种纸的生产，可上溯至明朝时的"景东青纸"。明代陈文《景泰云南图经志书》在言及景东府土产时云："青纸，其色胜于别郡所出者。"天启《滇志》亦云："景东青纸，青出于蓝，宜其多也……物货之靛与纸，以供本地绰绰然，省城亦亟称。"

"割皮树"生长的地方，习崆人曾在此造纸，旁有一河，名纸厂河。按傣族制作构皮纸的方式，其程序是：

1. 取构树皮，晒干；
2. 将成捆的树皮浸泡一天左右的时间，使之变软；
3. 放树皮于大铁锅中蒸煮，加草木灰，搅拌，直至树皮被煮烂；
4. 将纸料放入河中冲洗，弃草木灰和料筋等杂质；
5. 将纸料置于木桩上捶打半个小时左右，取匀细的纸浆；
6. 纸料投入装水的地坑，以纱布帘抄纸；
7. 放至阳光下暴晒，是为晒纸；
8. 晒纸至半干，以小碗轻磨纸面，是为研光，20分钟一次，共三次；
9. 纸晒一小时左右即干，可揭下，即是构皮纸。

纸厂河边的纸厂，现在只剩比人还深的青草所湮没的蒸煮房和地坑、石碾、石磨和石臼各一。与纯手工的傣族手工捶打纸料不同，这儿制纸，因巨大的石碾、石磨和石臼的存在，再加之那蒸煮房规模一如现在的厂房，想必规模要大得多。

此法造的纸，韧性强，很难撕裂，人们用于缅寺经书的抄写、祭祀用纸、孔明灯制作、纸伞制作等。可这些都是针对傣族和布朗族聚居的区域而言,在傣寨极少。而以产茶为主的古六大茶山中,特别是在茶坊林立的倚邦和易武,这种纸的用途,当是用于包装茶饼为主。我见识过一些类似于同庆号和宋聘号流传下来的百年普洱茶七子饼,用的正是这种土纸包装。现在的部分手工茶坊,制作顶尖的茶品,亦用此纸,只是六大茶山中已无制纸作坊,土纸多出自景洪和勐海。

说纸厂河边的纸厂,其所生产的纸用于茶叶包装,还有一个最重要的理由,它随茶兴而兴,当倚邦、习崆凋敝了,它也就消失了。显而易见的是,在纸厂兴盛的时候,这儿也是一个文化中心。纸厂旁边有两个山峦,一个刻凿"观音老母"和"训虎神"于绝壁之上,另一个则刻凿六臂持梭的"牛王爷"于巨石。观音寺所在巨石下,曾立有土墙,已经倒颓,废墟上,有一束野花和一块红布,不久前,还有人来拜过。以前,"观音老母"的左右两边,还有一对石狮子,也不知被谁撬走了。就像去年王梓先先生还看见的一个石碾子,今年再来,也被人取走了。"这一带的人,求子拜观音,求女拜牛王爷,但拜牛王爷的人少之又少。"王梓先说。"牛王爷"两臂高举,托举圆形之物,分明是日和月,可当地人说,是茶饼。

五

茶叶贸易的萧条，直接导致了茶树的消失。无数的茶农跟我讲过，以前这一带山山皆茶，但因价贱，人们又没饭吃，只好砍茶种玉米。以近10年为例，所谓古树茶原料，每公斤：1997年3元，1998年8元，1999年16元，2000年32元，2001年45元，2002年56元，2003年和2004年85元，2005年150元，2006年180元，2007年400元。由此可以看出，若要让茶农以茶活命，至2000年后方有可能。有我国港台地区和一些外国人来看茶山，听说大量的古茶树毁于刀斧和大火，一副痛心疾首的样子，真是幼稚，当生存权都难以维护，古茶树又有何用？而且，这些茶树成百上千年生长在这儿，年年都有采摘，你不识之而着迷于其他茶品，谁之过？

与茶树的消失相比，人和寨子的消失更令人捶胸顿足。如果说习崆老寨的消失，尚有搬迁之因，那么，架布老寨的消失则显然是因为瘟疫。这是我所探访的众多老寨中，唯一一座寨子废墟与坟地紧紧相连的老寨。看着那景象，我第一次明白了"谷子黄，病上床，闷头摆子似虎狼，旧尸未曾抬下楼，新尸又在竹楼上"这首民谣所寓寄的生死惶恐，并且也可以想象出，当虎狼般的瘟疫来临，人们是如何的手忙脚乱，根本来不及把亲人的尸首葬之坟山，而是在寨旁便草草下葬。众多的坟茔，只有少数被盗过的有碑，其余都是三块石条立于坟头。不管是发生在道光年间或民国初年的"大瘟"，这些寨子边的坟，肯定不会有一根骨头上刻着时间的考证游戏，所谓死者的诉说，是满树的以蝉为首的昆虫叫鸣、大合唱，让你发晕、腿软、心虚、气短。

实际情况是，这样的山野间，从来就不会有白骨森森，冒出一块来，立马就成了野兽的腹中餐。王梓先老人有着足够的原始森林探索经验，在他引我入此老寨的途中，他一边执一束树枝于手，前拍我的背，后拍他的背。疯狂的毒蝇，一分钟时间，就有可能歇满人的脊背，它们那尖利的细唇，隔衣而入，让人奇痒难忍；一边，他总是指着路过的地方，根据痕迹告知我，哪儿是白鹇啄蚁时留下，哪儿又是金钱豹打滚的地方。见到有灌木沿一个方向总是被折断，他说是狩猎者所留的标记……

架布老寨所在的山梁，是习崆老寨所在的山梁的另一面，站在更高的山梁上看，它是世界上最大的一颗绿宝石，进入其体内，则入了"毒蝇小国"。但不管是绿宝石还是"毒蝇小国"，也只有天才的空想家或视死如归的铁血壮士才会相信，里面曾有过一个100多户人家居住的寨子。没有王梓先老人同行，我不敢入；有了王梓先老人同行，每向前走一步，我亦担心会不会永远找不到出口。树木把天空都遮掩了，藤蔓和杂草把空间都塞满了。不愿做不吉的想象，可我始终觉得自己入了鸿蒙未开的领域，这儿不属于人类，它属于其他生灵。在看不见树木的都市，我肯定想象不出，原来树木、藤条、野花、腐殖土和昆虫的身体及叫声，这些人间越来越少的奢侈品，竟然可以组合成黑暗的王国。什么概念？264科高等植物，1471属3893种变种和亚种，在此自由繁衍生息，这植物的天堂，理所应当地就会孕育死亡、幻觉、幻境和幻象，理所应当地就会赐我无边的恐惧。不担心结满糜烂之果的大象耳朵树背后会跳出一头金钱豹，也不担心树根像桃子、花蒂像丁香、果实像棕榈的疯婆娘树后面会站着鬼魂，我的恐惧是这一片森林，唤醒了我与生俱来的所有勇气和意志，又在一瞬之间，将其消灭殆尽，剩下虚弱和不安。

林中没有空地，见到天空的地方，那儿站着一棵比其他树更大也更老的树，它浑身都已土化，长满了寄生植物，但它还活着，活得让其他树不敢轻易往它身上靠。它的老，每一寸肌肤，每一根树干，都像死过了千百回。它的下面，山势平缓。王梓先老人说，这是寨子的入口，树是寨中的神树，因为祭祀，这儿不知杀死过多少头牛。过了神树，一片高地上有一座大庙的废墟，庙墙是石垒的。供神的地方，堆满了1尺长、5寸宽的大青砖。入庙门，有三级平台，每一级平台下又有数级台阶……可这哪儿是庙啊，全是参天的大树恣意生长，倒像是人们在大树的底下，以树为神，筑了些通向树神的台阶，设了些拜树的祭坛，而这些树又不买账，静悄悄地就把这些人工的设施一一地弄坏了。义字当头的关圣人，他的金身是在这儿矗立过，监督天涯聚众而居的人们，可是，他也不在了。凡庙必有的功德碑，王梓先老人以刀探遍杂草和灌木丛，也寻不见，想必被山神收藏在了他的博物馆内了。最显眼的是两个被损的龙头，冒出腐殖土，鳞片间的石痕，全是青苔，以树叶一再地拂拭，方露出本色。

大庙下的寨子遗址，与大庙无异，当年的堂屋、卧室、厢房、灶台处，一一站着合抱粗的大树，石条路和舂米臼像天外飞来之物，缩身于角落，一个个旧屋基，像金钱豹打滚弄出来的平台。一阵大风吹，树树附和，疑有人声，疑有路过的孟加拉虎的叹息。寨子的格局其实极有气象，错落有致，而且向阳，可人工留下的，除了不腐的石头和砖，竟只找到一截还站着的柱子，王梓先老人说，这是铁木。但铁木也已被雨水一再地剥洗，像我在新疆沙漠上看见的那些胡杨木的骨头。

大庙之毁，据说毁于人工；寨子之毁，则毁于天意。在众坟之间，王梓先老人曾力图找一座"吹大烟的人"的坟让我看，说凡是这种坟，不但无碑，后人还会在坟头置一铜烟嘴，翻了一堆堆树叶，找了半天，就是没找着一个铜烟嘴。其实在这儿，这种因吹大烟而亡者，或许才是善终，他不仓促，他的后人也不仓促。

六

香港、台湾地区有一说法:"侠有金庸,史有高阳,吃有鲁孙。"鲁孙即唐鲁孙,本名葆森,满族镶红旗后裔,珍妃的侄孙,其洋洋洒洒的谈吃文章,上至皇家珍馐,下至苍生小吃,天南地北,无所不包,让无数移居台湾的大陆人害尽了相思之苦。那谁是珍妃呢?珍妃者,光绪皇帝最宠爱的妃子和政治上的红颜知己,空怀救国济世之心,死于慈禧之手。她之死,全因她太爱光绪并对光绪寄托了太多的政治梦想。说珍妃,当然是想强调唐鲁孙的血统,强调唐鲁孙的血统,当然是想引用这位"华人谈吃第一人"说出的关于普洱茶的文字。他在《说烟、话茶、谈酒》一文中说:"宣统出宫后,故宫清理善后委员会曾经在神武门出售一批剩余物资,有大批云南普洱茶出售。先祖母说百年以上的古老普洱茶可以消食化水、治感冒、祛风湿,价钱比中等香片价钱还便宜,所以买了若干存起来。到了冬天吃烤肉,吃完有时觉得胸膈饱胀,沏上一壶普洱茶,酽酽地喝上两杯,那比吃苏打片、强胃散还来得有效呢!"引此段文字,有两个佐证目的:第一,今年因普洱茶风靡全国,有一些权威机构的专家跳了出来,痛斥普洱茶,说普洱茶放久了,便无味,功效之说乃是炒作;第二,唐鲁孙文中所说的"先祖母",当与珍妃年纪相当,珍妃死时 25 岁,随后便是清朝廷的亡命期。他所言的上百年的普洱茶，按大致的时间推测，当产于清乾隆、嘉庆和道光时期，也正是普洱茶的鼎盛之时，意即出自倚邦或易武。现在许多的所谓专家，上百年的普洱茶，他们是没有见过的，更不可能"酽酽地喝上两杯"，那他们为什么要对普洱茶说三道四呢？唐鲁孙之言，不知能否堵住他们的嘴？至于强调这些百年普洱产于倚邦或易武，乃是因为在皇家茶官曹当斋的史迹上缠绕了半天，理应告慰他在天之灵，所谓贡茶，贵胄子弟唐鲁孙都喝到了，而且上了百年，还是"酽酽地"，只是稍有不幸，因为清代的皇帝一出宫，普洱茶不仅不"价等兼金"，而且还赶不上北京市民所喝的中等香片的价格了，真是此一时彼一时。

想想，为了把这些茶弄上北京，为了让茶山宁静并尽可能地多收些赋税，倚邦的曹府和易武的伍府，做出了多大的努力。特别是易武，这一个南诏时的"利润城"，在"以茶治边"的年代里，便如迤南天际的一轮太阳，以茶之利而充军需，光焰炙人。而当明末清初的植茶大潮勃兴之后，《镇越县新志稿》载，嘉庆和道光时，年产茶可达10万担，制茶运茶人6万，易武、麻黑、曼撒、曼洛等山川间的小寨，也因此而土木兴、城镇起，会馆林立。就像曹氏获敕命，这边的茶庄也于光绪二十年（1894年）获御赐"瑞贡天朝"之匾，所不同的是，一赐官，一赐商，官正获赐稍易，商正获赐太难。官正则商正的概率大,商正则未必官正。就为了唐鲁孙这样的人家"酽酽地"喝,我以为,易武这一古代普洱茶的圣地,历史上最具人性之光的一桩事件发生了。那就是道光十八年,即1838年,茶商张应兆于易武刻立了"茶案碑",碑文如下:

断案碑记小引

窃维已甚之行,圣人不为,凡事属已甚,未有不起争端也。如易武春茶之税,每担收一两七八钱,已甚曷极。故道光四年,兆约同萧升堂、胡邦直等上控,求减至七钱二分,似于地方大有裨益。乃道光十七年兆之二子张煓、张煜幸同入庠,兆到山免,易官谕茶民帮助些须,似合情理。奈王从五、陈继绍不惟怂恿易官不谕,且代禀思茅罗主差提刑责,掌责收监伊等之伙党暴虐,额外科派概置不论,故兆又约同吕文彩等控经。

南道胡大人蒙批仰

普洱府黄主详断全案烦冗,将详道移思札饬易官遵奉,缘由勒石以志不朽云。

谨将署普洱府正堂黄主详上移下文卷定章录刊于左

查此案前经敉

署府审看得石屏州民人张应兆、吕文彩等先后上控易武土弁伍荣、曾字识、王从五、陈继绍等,年来诡计百出,伙党暴虐，额外科派各情一案，缘张应兆、吕文彩等，均系籍石屏州，于乾隆五十四年前，宣宪招到文彩等父叔辈，栽培茶园，代易武赔纳贡典，给有招牌已今多年，无谓前茶价稍增，科派尤轻可以营生，近因茶价低贱，科派微重，张应兆等即以前情赴宪辕渎控，奉札下府遵即移提案，证逐一查讯，条款内称土弁字识等折收贡茶，系奉思茅厅谕。该首目以二水充抵头水茶，本年剖银三百两，系买补头水茶，嗣后永行禁革。易武私设刑具，讯系管押罪人，但不得妄拿无辜，其抽收地租仍照旧例。易武一寨，上纳土署银二钱，以作土官办公养膳，一钱存寨内办公。如该土弁赴江、赴思夫马照旧应办，仍邦供顿银三十两，自曼秀至曼乃各寨，仍照旧上纳土署银三钱。赴江、赴思夫马供顿使费，以及吃茶四担，各寨揉茶银十两，祭龙猪四口，水火夫一名，永行禁革。易武土弁，因公出入，夫不得过二十名，马不得过十四，该土弁无事不得出寨，及黑夜行走，遇有公件许用火把夫二名，马一匹。如遇江上派款，仍照通山分剖，由思由江回署，各首目拴线，只许用鸡酒银镯，听其民便，不得苛索，酒课（每年每个瓶子）上纳三分，不许任意派收，又加派茶价银五两减免，不得派收。该土弁有事需银借贷，听其民便，不得逼借。至通山应办江干银三百三十三两三钱三分零，差脚尾巴银三十三两三钱三分零，照旧办理，责成各寨客会收发通山站所，听其民自裁改。又李洲、李渭增弟兄银三十七两，讯系李洲畏烟瘴，央王从五等雇人抵李洲赴江工银。黄金熔银二十两，钱四千文，讯系因张占甲板扯张义成。银四十两，讯系因使大等子。又贾小四诈车上驷银十两，讯系因张应兆父子住宿车上驷家，车上驷畏罪给贾小四之项。均已罚入庙内，修庙修路。并将土差贾小四责惩，俱已遵断具结存案，诸免置议，缘奉批饬理合，将讯断缘由具文详请宪台俯赐查核批示销案，实为公便等情奉此查此案，既经该署府提集原被人讯断明确，两造俱已允服。如详准其销案，仰即查照，并移思茅厅知照，此缴等因奉此，当经移知前厅饬遵办理在案。兹奉批前因合再录看，移知为此。合关贵厅查照迅即扎饬该土弁遵办，毋得玩违。该民人等，亦毋得借词藐抗，均于查究切切须至关者。

道光十七年十二月十二日移思至十二月十七日，扎饬易武内云该土弁勿得再行违断滥派，并将遵断缘由先行据实禀覆核夺，奈王从五、陈继绍硬不代禀，恐日久仍蹈前辙，因立碑为记。

道光十八年岁在戊戌孟冬月望十日张应兆同合寨立

我之所以说这一勒碑事件，颇有人性之光，因为从碑文中可以看出，茶商活命，常为地方土官盘剥，是以张应兆约同吕文彩上控。没想到这一民告官的案件，竟以民胜诉而告终。更让人惊喜的是，张应兆勒石立碑，将案情广昭天下，文中不乏贬官之语，土官们也让这碑留存了下来。当然，这块石碑的价值远远不拘于此，它所陈情的茶山之乱和茶市之艰，其实还预示了随之而来的古六大茶山的灭顶之灾。在本书中，我曾列举了莽枝山和革登山形成空寨的时间，也就是道光皇帝驾崩的道光三十年前的两三年。道光年间的瘟疫扫荡六山，六山元气大伤。此碑乃道光十八年所立，说的是人祸，殊不知天灾亦到。人性之光难救，势也；唐鲁孙能喝到此时的普洱茶，亦恐是天下唯一得益的人了，一如在瘟疫中得利的医生。

从私小的角度看，"茶案碑"一如后来白云洞中的小官们的题壁诗词，都可划入"耻辱碑"范畴。再联想到"保卫普洱茶研讨会"，倒也希望人们立一方耻辱碑，说清楚"保卫"的缘由，也证实几个"裸泳"之人，以碑而示，但求普洱茶多舛之命得以吉祥。

七

在今天的普洱茶界，易武七子饼，形质都受追捧，究其原因，有原料和工艺之功，亦有包装之力。也就是说，全赖代代相传的悠久的制茶文化。这里，借此说说团饼或饼茶的包装史。明代《万历野获编》记载，明太祖朱元璋灭元得天下之后，因为团茶制造的费时费力，遂下令废止制造团茶。而在此之前，特别是宋代，茶多为团茶，其包装，梅尧臣诗《吕晋叔著作遗新茶》说"每饼包青蒻，红签缠素苘"；周密的《乾淳岁时记》说到北苑贡茶，亦言"藉以青蒻"；陈槱的《负暄野录》说藏墨之法，亦云"藏墨当以茶蒻包之"。明代顾元庆的《茶谱》也说："茶宜蒻叶而畏香药，喜温燥而忌冷湿。故收藏之家，以蒻叶封裹而入焙中，两三日一次用火，当如人体温。温则御湿润，若火多则茶焦不可食。"那什么是"蒻叶"呢？《辞源》云："蒻，草名，蒲蒻也，即香蒲之嫩者。"这说明，在宋代，包裹团茶的是香蒲之叶，且主要目的是防湿气，怕茶叶受潮。有意思的是，在明代以后，人们言及包装茶叶，已经很少见到"蒻"，而成了"箬"或"篛"，"箬"与"蒻"本是一个字，宋代《广韵》："箬，竹箬。"但也就因这一变化，加之民国十四年（1925年）柴萼所撰的《梵天庐丛录》云："普洱茶产云南普洱山。性温味厚，坝夷所种，蒸制以竹箬成团裹，产易武、倚邦者尤佳，价等兼金。品茶者谓普洱之比龙井，犹少陵之比渊明。识者韪之。"一些日本的汉学家，就将普洱茶的包装认定为是借鉴了团茶的包装，且认为此法太粗糙，没了香蒲的柔软与高贵。

日本人之说，很多立场都源于其茶风茶道，在引用柴萼之语时，往往也只看"竹箬"二字，而不接后文。在柴氏的文字中，用普洱茶与龙井相比，就像拿杜甫与陶渊明做比较，评价极高，而且普洱茶的价格两倍于黄金。茶之优劣当然不能看包装，但我一直认为，若以香蒲包普洱，犹如用竹箬包龙井，都可笑至极。普洱茶，从种到质，都与作为其子孙的中原茶大异其趣，其质、其形、其味，以及其清、其正、其和，本就源于竹筒茶这一古之法的血脉演绎，用文献中的杂说来推测当时仍是附属小国的茶品乃是沿袭中土，是茶叶常识的缺失所致。

易武抑或倚邦，以及云南广大的普洱茶产区，以竹箬裹茶，我宁愿相信乃是自然的造化和促成，尽管我也实在找不到此法源于何时的记载。或片或饼，普洱茶可溯至唐代，用什么包装，谁也讲不清，但把清代的七子饼视为竹箬包装的起始时间，也无依据，且不合常理。不过，在这儿，具体的时间是次要的，关键是只要我们觉得普洱茶的外运史有多久远，这种包装就可能有多久远，因为竹箬的防潮功能和茶山竹箬俯拾皆是，远不足以让我们的祖先形成智障而视而不见。如其久远，竹箬之美，就有了光阴之美；如其只是昨天才用此法，它亦美轮美奂，至少是自然之美，在异化纷纷的年代，以大地的名义，向人们呈现出一种动人心魄的力量！

八

在易武和倚邦徘徊了多年，我最大的遗憾就是没有到过曼松。王梓先老人在接待我的诗人朋友朱零时说，基诺茶香高，回甘好；革登茶最香，喝到口中柔度饱和；莽枝茶柔和静养，与人体最和谐；倚邦茶有百花香，喉韵十足；蛮砖茶香味特殊，有樟香亦有蜜香；易武茶蜜香浓郁，回甘最快。六山之茶，总的来说，协调性、和谐之美，堪称茶中之冠。但是，他说，曼松的茶则是皇冠上的明珠，不仅色、香、味三绝，而且非常耐泡，一泡茶可以取汤近百次而不淡，它的另一个显著特点是，不管你泡多久，不取汤，它也不会形成"茶锈"。

曼松现在产茶多少？象明乡政府的统计表上，空白。砍伐茶树的利斧，40年后，生锈了；烧焚茶树的大火，40年后，熄灭了。我期待着茶园恢复的那一天，但是，在这片多灾多难的土地上，除了它的子民们在矢志努力外，似乎有更多的外部世界的声音，始终在阻止。还是那句话：我始终弄不明白，古代的朝廷尚且敢于费尽移山之功，修路至此而取茶，今天，我们才喝了几口，为什么就有那么多的反对之声？也许，以前的凋敝，更多的是源于瘟疫，今天，古六大茶山的命运，又将执于谁手呢？

02

习崆山中的对话

一

雨林中，有过一个名叫"架士"的寨子。清道光年间，一场浩大的瘟疫，使得这个有几千人的寨子变成了废墟。沿着道明乡的纸厂河往下走，登上习崆山，坐在一个枯树桩上，点上一支烟，像道光以前的人们那样眺望"架士"。"架士"已经被雨林彻底地毁灭了，看不到寺庙的金色塔尖，也听不到人声和狗吠。层层叠叠的树冠，叶片、颜色、形态，各有其执守却又混杂在一块儿，彼此占有别人的天空与云朵，又互不计较，在一阵接一阵的清风里，互相舐舔，传达着一种欣欣向荣的甜蜜。

我的向导是个香堂人，70多岁。

我告诉他："我想去寨子里看看。"他一句话没说，带着我在声势浩大的蝉鸣声里行走了两个多小时，途中遇到过乌云一样的牛虻、白鹇鸟和野猪。"架士"已经不能再称为寨子，各种草木分解了人类的痕迹，偶尔碰上几堵断墙，上面生长着的菠萝蜜树，均粗得需要几个人才能合抱了。不过，这个香堂人无数次来过这儿，在一片斜坡上，他用手中的砍刀费劲地掀开厚厚的落叶层，一座座土坟就露了出来。

然后，他砍了几张硕大的芭蕉叶扔在两座坟头，示意我坐下。我们分别坐在了两座坟上。

我："你听说过那一场瘟疫？"

他："哪一场？"

我："这个寨子的人全死光的那一场。"

他低下头，又抬起头："一场接着一场的瘟疫，这寨子里的人才死光的，我不知道你想了解哪一场。"

我："他们在第一场瘟疫来临时，没有想过迅速地逃走？"

他："他们都以为每一场瘟疫都是倒数第一场。"

我："到底死了多少人？"

他："人都死光了，没有人做统计。"

我："那这些坟是谁垒的？"

他："垒坟的人后来也死了。"

我们离开"架土"的时候，香堂人告诉我，在他少年时代，第一次来到这儿的时候，村寨里还到处见得到无人掩埋的枯骨，是他们把他们掩埋了。他指着掩埋枯骨的地方，现在也是长满了粗大的菠萝蜜树，上面挂着的菠萝蜜，硕大无朋，一边成长，一边就挂上满身的青苔。

二

返回纸厂河的时候，太阳西斜了，照在习崆山上的光芒，渐渐地往上移动，直至只反照在有限的天幕上。谷底的河水儿近断流，稀薄的几绺细流间凸起青色的鹅卵石，我们撩起水来洗脸，里面沉浸的树叶本来形态完整，经此触动和晃荡，迅速地就变成了四散的残渣，只剩下一丝丝叶脉。

香堂人问我："你吃过蟒蛇肉吗？"

我摇了摇头。他又问："你吃过白鹇鸟吗？"

我摇了摇头。他又问："你吃过虎骨酒吗？"

我摇了摇头。他又问："你吃过象鼻子吗？"

我摇了摇头。他终于没再问，抬起头，望着种满了橡胶树的习崆山，自言自语地说："以前这儿也是密不透风的黑森林，有着各种各样的野兽和飞禽……哦，当时老虎成灾，政府动员我们拿着枪，进山杀虎，有人还被评为了打虎英雄！"香堂人在叹息声中站起身来，想走，可又坐到了一块水边的巨石上。他从随身斜挂着的布袋子里掏出一瓶酒来，大大地喝了一口，一边擦嘴，一边把酒瓶递给我。

最后，他告诉我，去年冬天，在靠近老挝丰沙里省的丛林中，他还看见过一头孟加拉虎，可一闪身，就跑到老挝去了。"这些山神的儿女，差不多死光了，仿佛它们也遭受了一场场瘟疫。"他说着，我只是"嗯"了一声。

三

从纸厂河返回道明乡政府所在地的小镇，必须在河谷中潜行一程，然后再翻越一道山梁。这道山梁的主峰酷似一只乳房，我们一前一后走在山梁上，重新又看见了太阳的余晖。香堂人有些酒意了，余晖中的脸庞黝黑、红润，映衬着头上比暮色还要灰白的乱发。

他指着乳房状的主峰："以前，捕到任何猎物，我们都要祭拜它，征得它的宽容！"住在道明乡的这些日子，我与这位香堂人的儿子早就是朋友了，一个酒场上的亡命徒，乡村二流子的带头大哥。在其儿子的口中，香堂人30多岁时，有一天进山去老挝猎象。象也遇上了，轰隆轰隆的脚步声传来，趴在岩石上的香堂人一枪射去，又一枪射去，连开了数枪，大象仍然轰隆轰隆地向他走来，吓得他扔下猎枪就跑。回到家，魂丢了，香堂人的老婆找来一个巫师，天天晚上对着老挝的群山喊魂，半个月后他才从战栗与惶恐中回过神来。逢人就说，他的身体里一直有一头大象，在轰隆轰隆地走着。

我不怀好意地问香堂人："大象鼻子真的很好吃，适合下虎骨酒？"

他把空酒瓶朝着太阳落下去的方向随手一扔，本就黑红的脸越发黑红："你在说什么，这儿风大，我没听清楚。"

我说："大象，老挝的大象。"

香堂人脸上闪过一丝不悦，抱着山径旁的一棵橄榄树，站住了，然后大声质问："哪个杂种告诉你的？"

晚风真的很大，吹得东西两面山梁上的丛林如海涛一样轰响，香堂人喘着粗气，掉头看着山下灯火通明的小镇，想说点什么，但又一次次地忍住了。我也找了棵橄榄树抱着，像他一样鸟瞰着小镇的灯火，内心有些愧疚，也有一些真相未解的不甘与茫然。

回到小镇，站在一棵多依树的影子中，道别之前，香堂人幽幽地说："我身体里那头大象，被巫师拿出来了，埋在孔明山的一个边坡上，如果有兴趣，改天我带你去看大象坟。"

四

小镇的夜晚，宁静往往是一种假象，每栋房子背后种植的芭蕉，无一不似一群野象站在那儿伺机跃出。城里的酒鬼，多数都在饭馆或酒吧买醉，这儿的酒鬼才是真正的酒鬼，他们在家里喝,一个人喝,喝着喝着就醉了。醉了之后,酒鬼出门,遇上另一个酒鬼,又遇上一个,几个酒鬼便搂肩搭背,笑着,骂着,像团火烧云一样涌到烧烤摊上,再接着喝。

烧烤摊旁边也有芭蕉树,样子也似野象群。我坐在几个酒鬼中间,向他们打听大象坟的真相。老板娘提供的酒是一玻璃缸泡酒,里面泡着的小动物五毒俱全,我自己先用钢化杯干了一满杯,几个酒鬼就齐刷刷地脱掉了T恤衫,光着上身,嚷着要与我不醉不归。人人都把杯中酒一饮而尽,把胸脯拍得噼啪乱响。

"什么大象坟?"酒鬼甲问。

"大象坟?什么大象坟?"酒鬼乙有点结巴。

酒鬼丙是香堂人的儿子,沉默了一阵,站起身来,踉踉跄跄走到芭蕉树后面,解了个小溲,重新落座后,这才提起钢化杯往桌子上一顿,望着我:"再来一杯?不来,老子杀了你!"于是,我又喝了一杯,望着他,他也不含糊,昂起脖子,杯子就空了。杯子又一顿,眼光又盯着我:"再来一杯,不来,老子杀了你!"

三杯酒落肚,头有些眩晕,我正担心,甲乙两个酒鬼也啪啪啪地顿起杯子来,旁边的桌子上,两个前来订制普洱茶的外省女孩喝醉了,移步来到我们桌上,一人牵着酒鬼甲,一人牵着酒鬼乙,要两个酒鬼带她们去山顶看月亮。四个酒鬼搀扶而去，我也才发现小镇东边的竹林上，鹅黄色的月亮已经升了起来。

"我父亲带你去了架土老寨？"

"嗯。"

"他没有带你去看一座寺庙？那儿的菩萨下面白骨累累。"

"为什么？"

"一些濒死的人，从不同的地方爬到那儿，死在了菩萨的眼皮底下。"

"他只扒开落叶，让我看了几座坟堆子。"

"你刚才为何提起了大象坟？"

"你父亲说孔明山上……"

"哦，他告诉你了？"

"你刚才为什么嚷着要杀了我？"

酒鬼丙先把我和他的酒杯满上，从杯子里抓了一把油炸竹虫嚼了起来，这才端起杯了，碰了一下我的杯了，说了声"干了"，咕噜咕噜地就喝了。我迟疑着，他就用目光死死地逼视着我。双方对峙了一分钟左右，见我还在迟疑，他突然用手在我肩头上猛拍了一下，继而大笑起来："你信不信，我真叫人今晚把你杀了？"

他的笑里有善意，我亦笑了笑。

说："我才不信。"

后来，我还是又喝掉了那杯酒，回到客栈后，在卫生间里吐得死去活来。而他也没说大象坟有什么秘密。

五

巫师比香堂人还要苍老，我去拜访他的那个傍晚，他已经在躺椅上睡着了。他的衣着与其他老人没有什么不同，中山服，黑棉裤，拖鞋，唯一的区别在于，他有一头垂过肩膀的银发和一副黑框眼镜。听见屋子里有动静，他睁开眼睛就问："你是来问香堂人的事吧？"我点了点头，在他旁边的另一把躺椅上坐了下来。

"那不是什么大象坟，是我把他的魂从老挝喊回来后，又埋了。只想让他做一具行尸走肉。"

"有什么原因吗？"

"杀戮。你当然不知道他年轻时杀心有多重。对我们这片雨林而言，他也是瘟疫。"

"香堂人后来就没有杀心了？"

"灵魂不在了，杀心也自然灭了。"

"那他心头走着的那头大象，它去了哪儿？"

"那是他的幻觉，幻生幻灭，无非转瞬之间。"

拜访巫师后的第二天，我又去了一趟架士山，请的向导仍然是那个香堂人。我告诉他去的目的是看看寺庙，他惊诧地看着我："你不害怕？"他告诉我，他之所以前次没带我去，因为他儿子就是因为去了那儿，回到小镇之后就变成了必须用酒壮胆的酒鬼。

"真的不怕？"

"不怕。"

但是，在离寺庙的遗址还有几百米的地方，我停住了脚步，因为我听见清风在途经废墟的时候，荒草与荆棘竟然也发出了风暴经过思茅松时才会发出的凄厉的鸣叫。也许那儿真住着无数尚未安息的亡灵。

03

南糯山记

一

西双版纳旧称车里。清朝初年冯甦《滇考》:"……车里,在八百东,即古产里。汤时以短狗、象齿为献,周公赐指南车归,故名曰车里。元兀良吉戍交趾,经其地,降之。至元中,置彻里路。明改车里军民府,寻升宣慰司。永乐中入寇,后惧而谢罪。万历十一年,明伐缅,其酋刀糯猛使贡象,实阴附于缅。兄居大车里,应缅使,弟居小车里,应汉使焉……"关于"车里"之名的来历,《道光云南志钞·地理志》亦云:"周成王时,越裳氏来朝,周公作指南车导王以归,故名车里。"

南诏国时期,设有金生城和银生城。方国瑜先生考证,"樊绰《云南志》卷六曰:'从上郎坪北里眉罗苴、盐井,又至安西城。'又曰:'眉罗苴西南有金生城。'……金生城,疑即今之青蒲附近,在八莫北伊洛瓦底江西岸,盖金生城以产金得名,即在江边也。"至于银生城,方先生称,"樊绰《云南志》卷七曰:'茶,出银生城界诸山,散收无采造法,蒙舍蛮以椒、姜、桂和烹而饮之。'按:银生城界者,即银生节度使管辖界内,今所称云南普洱茶者,实产于倚邦、易武、勐海各地……

则银生城界内产茶诸山，在今倚邦、易武、勐海等处可知也。"方先生没有明确指认银生城在西双版纳，但尤中教授的《云南民族史》一书中，则根据《南诏德化碑》所示，指认银生城就在"墨觜之乡"，即景洪一带，节度使是德化碑上的"赵龙细利"，即召龙细利。该节度之所以名"银生"，《大清一统志》卷三百七十七"山川·整董井"说："整董井，在府城南二百五十里，蒙诏（即南诏）时，夷目叭细里，佩剑游览，忽遇是井，水甚洁。细里以剑测水。数日，视其剑化为银。"文中的叭细里，尤中先生说："叭细里也可以写作叭细利。傣族中的地方头目称叭；王子则称召。细利其人，当其充当头目时称叭细利，一旦成了大王，便称召龙细利。"

金生城以产金而得名，银生城却无产银记载，乃是"剑化为银"，一下子就让人迷幻起来了。秘境之地，不辨东西南北，所以，这儿的头目觐见周成王，周公还怕他找不到回家的路，命人为他制作了一辆指南车。其实，"周公作指南车导王以归"一说，同样是玄说，"指南"器具的发明，非周时所能为，乃后世为之。就算有了一辆指南车，它如何能从中土驶入"墨觜之乡"？中原入滇之"五尺道"始修于秦，且雄山大川之间，马行亦须贴壁悬空，步步生死。明万历元年（1573年），四川巡抚曾省吾携万千兵将进剿僚僰，入此路便云："石门不容轨，聊舍车而徙。"指南车在此，与"剑化为银"同出一辙，乃是史官们面对极边之国和蒙尘的光阴束手无策而凭生的无边想象。据此，我们也就不难发现，当地图上的名字都虚幻如梦境，地理学犹如迷药的配方，穷极地端的西双版纳自人烟袅袅升空以来，除了受制于极富理想主义色彩的边缘政治（且政治之剑大都只插向短狗和耕象等异物的心脏），更多的时候，它只是一个隐伏于热带雨林中的不为人知的自由王国。我们言必称此地的部落与王国屡屡进献于朝廷，乃是汉文化的话语霸权所致。《新唐书·南蛮传》云："大中时（公元847—859年），李琢为安南经略史，苛墨自私，以斗盐易一牛。夷人不堪，结南诏将段酋迁陷安南都护府，号'白衣没命军'。"明代陈文编修的《景泰云南图经志书》："至元甲戌（公元1274年），立彻里路军民总管府，岁赋其金银，随服随叛……其民皆百夷，性颇淳，额上刺一旗为号。作乐以手拍羊皮长鼓，而间以铜铙、铜鼓、拍板，其乡村饮宴则击大鼓，吹芦笙，舞牌为乐。"这两则典籍中，"白衣没命军"，飘逸出尘却又生死不顾；额上刺旗且又性颇淳且又好饮宴且又随服随叛，大有魏晋的华美风骨。字里行间，隆重举行的，一直是一场无须域外之人观赏的亦悲亦喜的旷世盛宴。叛，非叛也，乃自由的元素。

二

现在，我就站在或产里、或交趾、或彻里、或车里、或银生城的古老城邦的遗土之上，身后是集50多年心力而建起来的崭新的景洪城，面对着的，是沉默而又动荡着的澜沧江。远处的跨江大桥，不是什么飞虹，倒像是一棵足以庇护一座寨子的大榕树，它以身躯横江，交通南北。就像大理古城总是在日斜西天之际陷入苍山的阴影，景洪城也一样可以看着秀美无极的南糯山，沿着与日行相反的方向，朝自己走过来。我最烦的电视广告"品评黄山，天下无山"，真是一派胡言，天下无山了，黄山是山吗？一点常识都没有。没有常识，则无教养，更无敬畏。无山？珠峰是人类仰高之所；基诺山之卓杰峰，是基诺族人埋魂之地；佤山之司岗里，是佤族人悬挂万千牛头朝夕伏拜的圣地；卡瓦格博，藏族人的神山……而我现在屏息静气，欲登而又怕惊动诸多神灵的南糯山，在它的怀中，僾尼人和傣族人，死了，造一个墓穴，也必须抹平，不立什么石碑，不留什么碑文，也不堆什么坟包，是人神供奉的天堂。它山上的一棵茶树，死了，剩一洞穴，日本人和韩国人来朝拜，八百级台阶，跪拜着上去……相反，一如口出"天下无山"者，我们中间的许多人，上此山，看茶王树，脸上的汗水还没抹去，已掏出小刀，见树就刻"某某到此一游""某某我爱你海枯石烂不变心"之类。我不是泛神论者，可当人们告诉我，山上的这棵茶王树，是孔明亲手种下的，以前，树上常有白雾笼罩，且有一条赤红巨蛇盘其上，充守护者时，我为之动容。我知道此说为虚，但我更知道，最虚之处，挺立着山上民族伟大的信仰，存放着他们不死的灵魂。

南糯山立在景洪城之西，像所有的山一样，它有峰峦、沟壑、绝壁、石头和土，但它又与有的石头山不一样，它穿着一件神赐的绿色的大袍，浑身上下，每一寸肌肤都仿佛挂着绿宝石，我们所熟知的、陌生的和知之而又未见的——两百多科、一千多属、近四千种植物，在上面繁衍生长，它们亲密无间，搂肩搭背，彼此深入对方的骨血，寄生者不感耻辱，供养者也不傲慢，粗高者抵天，低伏者贴地，生死由天命，谁也不争先，谁也不恐后，都是大地的毛发，所谓珍稀与滥贱，全系人之命定。每天早上，太阳出来，照耀十二版纳，也照耀此山。黄金之粉涂抹其上，一道道山梁是足金，绿被压住，斜坡和沟壑处，金粉被吞掉一半，于是有了层次。有时，白雾从箐底往上疾走，一心想跟上彩云母亲的步伐，便见闪闪发亮的雾水，将金色之光浸得湿漉漉的。白雾一般都不是整体，南糯山有多少山谷，它就有多少支温柔的队伍，琴弦似的，列于山腰至山顶的区域。如果谁能弹奏此琴，当能发出整座山的所有声音。一座山的声音，石头的声音请金钱豹代劳；泥土的声音，用青蛙之口大喊；鸟儿总是飞来飞去，它们负责转达一棵树对另一棵树的意愿，转达得好，所有的树就在风中鼓掌，转达得不好，所有树就不高兴，一抖，身上的黄叶就落了一地；风是香风，它们的任务是把樟木和檀木的馨香，一一分发给每一物种；偶尔，会有几头孟加拉虎路过这儿，它们的吼声，据说是僾尼人在密林中喊魂，当然，如此破玉裂帛之声，也有祭师用来驱邪攘鬼⋯⋯

日落或雨天，南糯山就会暗下来。悬浮其上的暗色，一如罩住西双版纳的几千年光阴，让人的目光始终难以穿透。那些所谓被我们看见的，无非一座山的轮廓。立于景洪之边，我相信这片土地上的一切，都没逃脱南糯山之眼，可它肯定不会站出来开口说话，更不可能移位于人类学家或史学家的案头，让这些皓首穷经者按下录音键，摄取一片土地的人类成长史。谜不可解，不宜解，山川明白这一点。

三

"以改变名称来改变事物，这是人类天生的诡辩行为！"语出恩格斯的《家庭私有制和国家的起源》。当这些族名、寨名、郡名、节度名、路名、州名和府名一再被改变，"诡辩"所带给我们的，也许就是事物真相的一再被遮蔽。但除了依赖于"诡辩"，站在几千年光阴这一头的我们，又能出何奇招呢？特别是当我们执迷于某些真相的时候。出生于布宜诺斯艾利斯的加拿大公民阿尔维托·曼古埃尔，对此的态度是："对我而言，纸上的文字带给世界一种连贯性。当马贡多的居民在百年孤寂中为一天降临的健忘症而备受折磨时，他们发现他们对世界的认知在迅速地消退，他们可能会忘记什么是牛，什么是树，什么是房子。他们发现，解药藏在文字里。为了想起世界于他们的意义，他们写下标签挂在牲畜和物品上：这是树，这是房子，这是牛……"（语出曼古埃尔《恋爱中的博尔赫斯》，王海萌译，2007年4月，华东师范大学出版社出版）。

所以，在遍寻诸多纸上文字并力求从中找到"世界的连贯性"之后，2007年6月11日，在我的朋友刘钺和小白的引领下，我再一次怀着敬畏之心，走向了南糯山。需要在此多写几句的是，10日晚，为了给我壮行，我的另外一对朋友杨小兵夫妇，在景洪家中为我设宴，所有的菜肴都由小兵先生亲自下厨，包括清汤水库鱼和景东腊肉等。他知我嗜酒，备下的酒都是好酒，他因糖尿病戒酒，我和刘钺则大醉。席间，适逢其岳父遭遇车祸受伤，或许皆因我等来做客，他没到事故现场，其妻前往。虽没去，看得出来，小兵一直惴惴不安，直到妻子来电话，说伤是小伤，他才舒了一口气。

南糯山隶属勐海县格朗和乡。格朗和，哈尼语，意为"吉祥、幸福、安康"。勐海，傣语，意为"英雄居住的地方"。格朗和乡由南糯山、苏湖、帕真、帕沙和帕宫5个村委会组成，有58个自然村、75个村民小组、3737户人家。在312.44平方公里的土地上，居住着13822个僾尼人、820个傣族人、770个拉祜族人和390个汉人。也就是说，在这个区域，僾尼人是主体。按照祖先的习俗，从景洪至勐海的公路中段，转入南糯山处，立有一寨门。寨门有联："茶王根深发千年，竹筒舞响传万里。"寨门的两边，左立一僾尼男青年木雕和一条狗的木雕，右立一僾尼女青年木雕及金鸡、猫和狗的木雕。或许是因为此寨门系乡政府所立，与山上的寨门不同，它没有悬挂驱邪避污之物，更像一个入山的路标。

僾尼人系哈尼族的一个支系，古有乌蛮、和蛮、窝泥等称呼。据哈尼族口口相传，其先民原住北方江边的"努美阿玛"平原，约秦汉之际迁入云南。作为古代羌系民族的后裔，哈尼人堪称稻作始祖。国外的一些人类学和汉学学者，把云南视为稻谷的发祥地，而这些均与哈尼族血肉相关。嘉庆《临安府志·杂记》描述哀牢山之哈尼梯田："依山麓平旷处，开作田园，层层相间，远望如画。至山势峻极，蹑坎而登，有石梯蹬，名曰梯田。水源高者，通以略彴，数里不绝。"在日本人类学家鸟越宪三郎的笔下，更是将其描绘成一幅令人荡气回肠的古代世界稻谷传播图。在此画卷中，涉及云南先民如何驯化和培育了稻谷，然后，往南，传播至东南亚并跨越印度洋流布世界；往北，则以水路传播至中原广大地区；往西北，则甘陕；往东，则桂粤……此传播图远胜于茶叶的蔓延，对人类的贡献也更大。然而，在哈尼族的各支系中，也非所有支系均如元阳梯田的主人。乾隆《开化府志》说窝泥："多处山麓耕地。"乾隆《滇南志略·景东直隶厅》卷三说喇乌："山居，亦务耕植。"《滇南志略·临安府》说糯比："居处无常，山荒则徙，耕种之外，男多烧炭，女多织草为排。"

我不知道南糯山的僾尼人究竟是何时迁入的。尹绍亭先生的《云南刀耕火种志》："现居西双版纳勐腊县麻木树乡的哈尼族，系自红河地区迁去。1985年笔者到该乡调查，坎落寨老人达努能背诵近50代家谱，并说他们过去世代保持着这么一个传统——由于经常因打猎、战争等原因而迁移，所以男子总是随身带着三穗小米（粟），每到一个新的地方，就把小米种下，来年便可收获。"由此看，南糯山的僾尼人，也应从红河迁入。但道光《普洱府志》卷十八："黑窝泥，宁洱、思茅、威远、他郎皆有之。"言及之处，距勐海更近，迁入的可能性也不小。

"哈尼"，哈，飞禽虎豹；尼，女性。凭字意理解，这是一个长期因受奴役而"退居山林"的民族。尤中教授《云南民族史》："（南诏时期）最初，和蛮（哈尼）、朴子蛮（布朗族和德昂族先民）都有一部分与金齿百夷共同住在平坝区，后来，同区域内金齿百夷中的贵族势力发展了，支配了平坝区，在平坝区的那部分和蛮、朴子蛮都被迫退入山区。"金齿百夷者，傣族。从哈傣杂居到哈尼入山居住这一事实来看，符合这一事实的区域，当时的西双版纳存在最大可能性。也就是哈尼入山，或者干脆说，哈尼族人进入南糯山的时间，有可能是在南诏时期，即唐代，距今已有1400年左右的时间。

如果说南糯山的12000亩古茶园以及那株已经枯死的800年树龄的茶王树，象征的是一种茶叶文明，并足以让我们揭开人类茶叶种植史的冰山一角，那么，我亦认为，哈尼人进入南糯山的时间，一定在距今1400年左右。为什么？诸多历史事例告诉我们，任何一种文明，尤其是山地文明的形成，若非耗费成百上千年的时光，断然难以建立。而且，每当这种文明发展到一定的高度，由于封闭，它可能再过1000年也难以朝前走一步。《后汉书·西南夷·哀牢传》及《华阳国志》中均言，在汉代，这儿的人民已经能取自然之物而成布匹，且称"蜀布"，被蜀商远销西域，出使西域的张骞都看见过。可是，两千多年过去，至中华人民共和国成立以前，这一带的发展依然极其落后。其手工业和农业生产水平仍然停留在汉代。一种文明，仿佛被放入了冰箱，或被自然之力悄悄地藏进了厚厚的冰川。当它醒来时，世界已变得面目全非。

当然，现在的南糯山，早已把自己的身躯毫无保留地展现在世界的目光之下。高速公路就在山脚下，往来的车辆足以把任何梦想带到世界的任何地方，而且这种运输的速度远非牛帮、象帮和马帮可比。开启南糯山现代之门的钥匙，它转动的时间，甚至早于其他门扉的打开。1938年，西南联大的一批师生抵达昆明，云南省府"有调查普思边地之举"，一个名叫姚荷生的清华学生，得以参加调查队且来到了西双版纳，并在之后出版了专著《水摆夷风土记》。在姚荷生的笔下，当时的勐海，已是茶的都市："佛海（勐海）是一个素不知名的新兴都市，像一股泉水突然从地下冒了出来。它出生虽不久，但是发育得很快。现在每年的出口货物约值现金百余万元，在这一点上够算得上是云南的一二流大商埠了。假如我们可以僭妄地把车里（景洪）比作十二版纳的南京，那么佛海便是夷区的上海……它是一个暴发户，一个土财主，它的巨大的财富藏在那褴褛的衣服下面。佛海城里只有一条短短的街道，不到半里长的光景……街头街尾散布着几所高大坚实的房屋，里面的主人掌握着佛海的命运，这些便是佛海繁荣的基础——茶庄。"勐海的茶业为何会猛然兴起？姚先生说："从前，十二版纳出产的茶叶先运到思茅普洱，制成紧茶，所以称为普洱茶。西藏人由西康阿登子经大理来普洱购买。民国七年（1918年）云和祥在佛海开始制造紧茶，经缅甸、印度直接运到西藏边界葛伦铺卖给藏族人，获得很大的利益。商人闻风而来，许多茶庄先后成立。现在佛海有大小茶号10余家，最大的是洪盛祥，在印度和我国西藏地区都设有分号，把茶叶直接运到西藏销售。"而小一些的茶庄，姚先生说，他们就联合起来，推出两个人负责把茶叶运到缅甸的景栋，再经仰光到印度，卖给印度商人，由他们转销西藏。勐海每年茶叶的输出额为6000至7000担，值百余万元，但花在缅印境内的运费就达40万元（银币）左右。姚先生还说，版纳的茶叶，主要以勐海为市，主销西藏，一部分销内地的，仍然先运至普洱再转昆明。由于经济的勃兴，勐海"逐渐摩登化了"，不仅道路铺上了柏油，建筑了新式的医院、中学，图书馆和电灯厂也建立起来。这儿，有说汉话、穿西装、打网球、喝咖啡、喝牛奶并把子女送入学校读汉书的勐海土司刀良臣；有学识渊博但因协助车里县长筑路而被称为"夷奸"的勐海代办刀栋材；有会说英语和缅语并敢于娶顶真姑娘为妻而遭夷人反感的留学生土司刀栋柏；有边地英雄柯树勋之婿、富极穷边的群龙之首、茶商李拂一……在姚先生笔下，当时的勐海真的是洋场味十足了。

众所周知，就是在姚先生所述的1938年，代表云南省府的白孟愚和代表中茶公司的范和钧，分别把当时世界上最先进的制茶机器，不辞千辛万苦，搬进了南糯山，建起了南糯山茶厂和佛海实验茶厂。此两人都曾留洋，都是制茶大师，且都请来了当时中国最优秀的茶叶技师做助手，所以，他们入主南糯山，堪称现代普洱茶的发端，而南糯山也因此成了现代普洱茶的圣地。据很多老人回忆，范和钧执迷于制茶，白孟愚则在制茶之余，穷己之力，扶持茶农，在哈尼人中间，推进茶叶的科学种植与生产，是以被哈尼人称为"孔明老爹在世"。

被誉为"在世的孔明"，非众人拥戴不能成。孔明的地位在夷边就像神灵。民国初年，一位名叫杨君（Mr.Young）的美国传教士，在澜沧县的"倮黑人"中传教，人们置之不理。但这个杨传教士是一个绝顶聪明的人。他见人们极端崇拜孔明，便杜撰说，孔明和耶稣是兄弟，孔明是哥哥，耶稣是弟弟，信仰哥哥的也应该信仰弟弟……渐渐地，信仰耶稣的人便多了起来，以致后来，县政府召集倮黑人难上加难，而传教士一声命令，便有数千倮黑人闻声而至。县长害怕了，便请省府交涉把传教士调出了澜沧（见姚荷生《水摆夷风土记》）。一样的道理，因为白孟愚有孔明之心、孔明之行，后来，他一声令下，很多人便跟着他提枪走上了抗日的沙场。

孔明的地位，很大程度上取决于茶。很多学者把西双版纳、思茅等地的种茶史认定为1700年左右，原因就是附会了这一地区的民间传说。孔明伐滇，时间是公元225年，也就是1793年前。孔明为何伐滇？其意在定极边而取云南之财富，充实其军国之需，穷兵黩武。人们之所以奉其为茶祖，我以为，此地虽早已种茶产茶，但孔明立足于经济发展，规模化地组织边地之民种茶制茶，并有意识地搭建起了茶叶的贸易平台和流通渠道。我的老家昭通，自古皆是物资集散地，自古流传着一句话："搬不完的乌蒙，填不满的叙府（四川宜宾）。"同理，明代陈文编修的《景泰云南图经志书》中，载有翰林学士虞伯生为乌撒乌蒙道宣慰副使李京所著的《云南志略》写的序，其中有一句是这么说的："诸葛孔明用其豪杰，而财赋足以给军国。"豪杰者，孟获之流也，得孟获，则得财赋，得了财赋，就可以出祁山，就可以和孙权、曹操三分天下。当然，要得财赋，理应扶持农耕、挖矿和植茶。

布朗和德昂本就是此区域中最早种茶的民族，有人助其种茶卖茶，此人能不成茶祖？布朗族传说，茶乃始祖岩叭冷遗物；德昂族创世古歌说，德昂乃"天下茶树"的子孙，茶乃圣物。哈尼人生活于布朗和德昂之间，自然也视茶为圣品，这用不着怀疑。

由孔明兴茶到范和钧与白孟愚入南糯山，上千年的风雨，茶树生死明灭，人烟几度迁徙，换了一代又一代，可山依然叫南糯，入山的门依然面对着从世界那边延伸过来的一条条道路。南糯，傣语，意为"产笋酱的地方"，让其有名的却不是用竹笋做成的酱，而是普洱茶。

四

我把整个格朗和乡均称为"南糯山",所以,这次入山我没有再次去拜枯死的茶树王,而是取道姑娘寨,直奔水河老寨、水河新寨和曼真寨。当刘钺兄的皮卡车从高速公路转入山内,混凝土和铁栅栏便消失了,取而代之的,是树叶变成的红土、巨石变成的砂砾。路面时起时伏,山上流下来的泉水,也是路上的旅客。时有野鸡横飞,从一片树林到另一片树林,它飞至路的上空,或许有不踏实之感,却是我认定这山尚有除人之外的万千生灵的依据。从山上下来的摩托车,像金钱豹,一眨眼,就扑到了眼前,再眨眼,不见了。骑在上面的僾尼人或傣族小伙子,有的染了红发,有的手臂上刻了文身,大多数都带着女孩子。在很多人的眼中,路是畏途,可我一点也没有感到颠簸,因为我来到了泥土、石头和树木的肺腑之中,来到了泉水和空气一样干净的世界,而我要去的寨子,在云雾之中,在大树下面。寨子是人的寨子,亦是鬼神的故乡。

有几次,皮卡车驶上山峦,刘钺和小白都有意让我在那儿眺望景洪城,而我刚从城市的钢筋水泥、玻璃幕墙、汗臭、交通法规和密密麻麻的脸孔中间逃出来,虽然也想看一看囚禁过我的地方,可一时还难以谅解它、接受它。景洪,一座空气中有流水之声亦有火苗在蹿动的雨林中的城邦,它本已经是我见识过的最柔软也最缓慢的城,我爱它亦如爱我的故乡,可一旦深入大山这座自然的城府,唯有忘掉它,我才能全身心地去爱山并得到山的眷顾与同情。

水河老寨和水河新寨,原在乡政府驻地黑龙潭南面海拔2196.8米的路南山上,后来国家实施整体搬迁,方得以从密林之中,移至黑龙潭坝区边缘。老寨和新寨均按传统的干栏式建筑风格建设而成,稍有不同的是,老寨的布局丢掉了随意的自然性,每一座单体建筑都服从于严格的规划,按"井"字形结构,有了处处均呈直角的街巷。由于新寨建在气象不凡的一片坡地上面,傍山而俯视长满稻子和甘蔗的田野,建筑群体大多依山势而筑,错落有致,寨子中的道路也因此具有了线条美。老寨与新寨相距两公里左右,但不知什么原因,人们很少往来,问其缘由,被问者皆避而不答。

北京大学的人类学研究生肖志欣,是个女孩子,黑龙江人,为了调查僾尼人的家族制度,她已在水河老寨居住了几个月,并且还将住下去。我和刘铖进入水河老寨的时候,她已迎至寨门口。早晨的阳光下,她戴一顶太阳帽,身穿T恤、蜡染的裤子,表面的符号意味着她已融入了这片土地,可我们还是轻而易举地就可以把她从这片土地中剔出来。她说:"先去我们家坐坐吧。"从寨子的街巷中走过,她频频用哈尼语与老人和孩子打招呼。据她说,到这儿来,因为没有翻译,她就自己努力学习哈尼语；因为文化部所给的资助只有5000元人民币，住不起乡政府旁的小旅馆，她就住进了一户僾尼人家，住久了，也就把那家当成了自己的家，家里的人，该叫爸爸的叫爸爸，该叫妈妈的叫妈妈，哥叫哥，妹叫妹，俨然家中的一个成员。而此户人家也把女儿赶到了沙发上，腾出一个房间让她住。认识她是经一个朋友介绍，来之前，我曾给她发过短信，问要不要帮她带些日常用品上山来，她回短信："这儿没那么偏僻。有心的话，给爸妈带一点小礼品。"她的"家"，在寨子的中央位置，跟着她上楼，屋内有些暗，左手边是三间卧室，屋中央是火塘，火塘上挂着一个被烟熏黑了的架子，上面有竹箕，里面是一些茶，另还有葫芦等其他物件，均已被柴烟熏得黑亮黑亮的。她的爸妈都在，热情地招呼我们。妈妈正在给女儿穿戴传统的哈尼族盛装，头冠上有绒球、银饰，有五彩斑斓的、长长的流苏直抵腰部，腰带是贝壳做成的，手上的镯子是琥珀做的。那是一个漂亮、健康的女孩子，我问她："要去见男朋友？"她只顾阳光灿烂地大笑，不答，银子般的牙齿，是天生的、最美的银饰。肖志欣说，不是去会男朋友，是要去迎树棺，寨子里一个老人死了，砍树棺的人还在山上，妹妹之所以盛装，是传统的避邪方式。

寨子距砍树棺的山腰只有两公里左右，我们才到半路，就听见"毕毕剥剥"的砍伐声从一条箐沟的密林中传出。领我们去的是一个小伙子，非常健壮，宽宽的脸庞上，似乎藏着北方祖先的影子。他几乎没有言语，脸上的黑色，似乎就是我们常常挂在嘴边的"沉默"。进入砍树棺现场的小路是新辟出来的，刀伐的灌木创口，还散发着芬芳。所谓树棺，就是把一棵最粗的大树砍倒，用最好的一截，剖成两半，根据死者身体的尺寸，砍成棺木。砍树棺的现场，有10多个人，有长者，有后生。长者都做些技术活，后生的主要任务就是挥舞着长刀，不停地砍。这棵用来做树棺的大树，原先就长在旁边10米开外，它倒下时，砸倒了一大片灌木。有一位老人，一直在用一根代表尺寸的竹子在树棺上测量，他告诉我，这棵树是山里最大的一棵了，再也找不出第二棵。我问他，如果大树都没有了，以后用什么来砍整木的树棺？他没有回应。

棺木分公母。公的在上，背部亦凿出镂空状，棺头和棺尾分别留出两根对刺状的、剑尖式的木刃，两个"剑尖"中间尚有近1尺的空隙。"剑尖"本是原木的表层，所以悬空，其下又有顺棺而成的"工"字形木格，"工"字中竖着的那笔，在两个"剑尖"对刺的空隙处，凸起一方块……各具象征性，总的来说，就是要让死者入土为安，且要让其鬼魂静处地下，不要再回寨子去吃人。我问用竹子测量棺木的那位老人，那"剑尖"是什么意思？他回答了，哈尼语，引我们上山的小伙子翻译成汉话："鬼的生殖器。"众人闻之，大笑。母棺在下，用于盛亡者，其空落处，按人体尺寸而凿，其状如船，包括底部，亦像木船的底。这棵被凿成棺木的树，是棵老树，砍开的地方，寸寸都如上等的宣威火腿，红红的，泛着油光。我想，亡者入其腹，当是最好的归处。

五

《百夷传》："父母亡，不用僧道。祭则用妇人，祝于尸前，诸亲戚邻人，各持酒物于丧家，聚少年百数人，饮酒作乐，歌舞达旦，谓之娱尸；妇人群聚，击碓杵为戏，数日后而葬。"这记载的是古代傣族的葬礼。与"娱尸"相似，在我的老家昭通，老人逝，称为"白喜事"，亲戚邻居亦歌舞升平，谓之"以乐致哀"。水河老寨的这场葬礼，也无僧道，有"娱尸"或"以乐致哀"的情态，人们喝酒吃肉，欢歌笑语，打牌作乐。我前往灵堂去祭奠，交5元钱给死者的儿子，上楼穿过人群，见树棺已装入亡者，上盖一竹编的篾席，静静地停放在屋子的一角。刚准备到露台上去坐坐，引我们上山看砍树棺的那个小伙子告诉我："你应该去祭一下老人。"再转到棺木前，见那儿放着一个巨大的簸箕，小伙子又提醒我，要抓三把簸箕里的东西，分别撒于棺前。光线太暗，没看清簸箕里的东西是什么，抓起来才发现是茶叶。

法国的马塞尔·莫斯和昂利·于贝尔合著的《献祭的性质与功能》一书中说:"在每一种献祭中,一个祭品从一般领域进入宗教领域中,它是被圣化的……提供牺牲以为圣化物品皈依者,在操作结束时已经与他在开始的时候完全不一样了。他已经获得了一种在以前所没有的宗教品格,或者已经祛除了他在先前感染的不利品格;他已经将自己提升到一种体面的状态,或者已经脱离了罪恶的状态……"我所了解的献祭世界,也一如两位法国人所言,当献祭完毕,无论我们用什么物品作为献祭物,它们必将让被献祭者转入另一生命轨道,或得到神圣,或剔除罪恶,是一种彻底的超度。然而,以茶叶作为圣化的物品载体,却是第一次碰到。以此就认定茶叶与僾尼人的精神关系,本来也可以说证据充分,至少可以说明,在僾尼人的生活现场,茶叶足以让一个死者体面地安息,但我似乎又隐隐约约地觉得,这儿的茶叶,应该是礼品,让亡者带在身上,在未知的世界中旅行时,可以喝上一口。而且这茶,犹如不朽的纪念品,当亡者去了另一世界而又不能返回时,茶中自有亲人和故土。同样,佤族也有一句话:"你喝了茶叶水,你就见到了鬼魂。"鬼魂者,祖先也;茶者,通灵之物也。但佤族之语,个体性强烈,不及僾尼人以茶为祭更具包容性。佤族之茶,可使其回到祖先的身边;僾尼之茶,则有双向性,宗教意味也非常浓郁。

静静地停放着亡者的地方,楼上以牌为乐的声音此起彼伏;楼下,一头猪正被宰杀,猪血流了一地,有人以稻谷掩之,引来几十只鸡,不停地啄食。这些被血染红了的谷粒,很快地,带着猪的血和命,进入了另外一种生灵的生命。所杀的猪,因为是葬礼,不刮毛,更不去皮,一一剁成小块,分成几十份,堆在街心的芭蕉叶上。不一会儿,外姓人家来帮忙的,团团围了上来,一人取走一份。本姓人家则不取。

六

年轻时,我读过彝族著名诗人吉狄马加的一首诗,名字叫《黑色的河流》:

> 我了解葬礼,
> 我了解大山里彝人古老的葬礼。
> (在一条黑色的河流上,
> 人性的眼睛闪着黄金的光。)
>
> 我看见人的河流,正从山谷中悄悄穿过。

我看见人的河流，正漾起那悲哀的微波。
沉沉地穿越这冷暖的人间，
沉沉地穿越这神奇的世界。

我看见人的河流，汇聚成海洋，
在死亡的身边喧响，祖先的图腾被幻想在天上。
我看见送葬的人，灵魂像梦一样，
在那火枪的召唤声里，幻化出原始美的衣裳。
我看见死去的人，像大山那样安详，
在一千双手的爱抚下，听友情歌唱忧伤。

我了解葬礼，
我了解大山里彝人古老的葬礼。
（在一条黑色的河流上，
人性的眼睛闪着黄金的光。）

傻尼老人的葬礼，时间定在下午4点左右。盛装去迎空棺的少女们，到了送葬的时候，反倒穿起了平时的衣服。没有什么仪式，人们将灵柩从楼上搬下来，抬着，一路径直往坟山而去。直系的亲人，男的，头上扎一绺红布，在亲戚和邻居的簇拥下，跟在灵柩的后面。死者的儿子，穿一双拖鞋，背一竹篓，里面有篓筐和盛水的竹筒之类，右手提一卷篾席，左手提一竹凳和竹编的遮阳帽，其表情，似乎有悲戚之色，但又淡淡的。送葬的队伍大抵只有几十个人，没来的同寨人，或坐在自家的楼上，或坐在街边的摩托车上，有的还坐在年轻人用来谈恋爱的小楼下，静静地看着。那些坐在自己小楼平台上观看的人，就如同坐在包厢里看话剧，只见送葬的队伍，如流水一般，很快就穿过了小街的河床，从寨子的后门，往山上去。与吉狄马加笔下的"黑色的河流"不同，这只是一道波浪，而且是彩色的。他们出了寨子，就走上了一条白花花的路。路的两边均是绿茵茵的甘蔗林，风一吹，泛起一阵阵太阳的白光。

我远远地跟在后面，见几个水河新寨的年轻人骑着摩托车过来，看见送葬的队伍，便停下，直到队伍消失在岔路的林荫中，方才启动摩托车。问之，言，不来往。我没有去坟山看下葬，据说，坟是平的，上面仍可以种庄稼，多年后，埋此人之土，完全有可能埋入另一个人。不是低调，这才是真的入土，成了土的一部分。最大的禁忌是，入土时，生人把影子投入坟坑，传说这样做会被一起埋掉。

当我转回寨子的时候，寨子是空的，刚才观看葬礼的那些人不知去哪儿了。寨子的木板墙或柱子上，到处可见一些奇特的符号。亡者之家的门口，杀猪用的火还燃着，一个小伙子静静地蹲在那儿，红色的T恤衫，背上有八个字"宗申双核，赛车动力",想必是买摩托车时厂家所赠。转到寨门处,有一公共厕所,上有两幅标语,一幅是:"家长辛苦九年,孩子幸福一生。"另一幅是:"少生奖励,夫妻受益。"往乡政府方向走,杂草丛中的一间土坯房墙上也有一幅标语:"世界再大也不怕,学好文化走天下。"

七

刘铖和小白,有事回了景洪,我一个人就在一家没有名字的小旅馆中住了下来。到吃饭的时候,同样去一家没有名字的饭馆吃饭。旅馆的主人,开了一家百货铺,门前摆一张麻将桌,从天亮到天黑,都有人在那儿打麻将,饿了,就在旁边的一个米粉铺上吃碗米粉,然后又接着打。从我住的房间往外看,可以看见竹林中的傣族寨子曼真。寨子的旁边有一水库,整天白晃晃的,风一吹,水上的光就一闪一闪的。这间房子,估计某个下乡的干部住过,电视机旁边遗下一张报纸,上面有篇文章,说的是勐海2006年的茶叶生产与销售情况。文章说,2006年,勐海县有精制茶厂82家,产精制茶1.3万吨,实现茶工业产值5.7亿元人民币,农民人均收入达到了1200多元,制茶企业上缴税利2500万元,银行存款余额达23亿元……

从我住的旅馆走路去曼真，只要10多分钟。我没有沿着大路走过去，而是从水库边绕着过去。水库的旁边有一所中学，田径运动场上长满了荒草，旁边的一棵大榕树上，有几个疑似逃课的少年坐在上面。那真是一个天然的藏身之所，要是他们不讲话，你从树下走过，肯定不会发现他们。可以肯定，那是他们的空中乐园，在我的注视下，他们像猴子一样，从一根树枝蹿到另一根树枝，轻盈、迅捷。但当我把相机镜头对准他们时，他们迅速地把屁股朝向树底，不配合。待我走远，听见他们一齐模仿做爱的声音，激情、高调、起伏有致，又不管不顾。

水库养有鱼，浮着一间微型木屋，木屋的门上伸出两个狗头，见了我，就是一阵狂吠，弄得木屋在水面上波动不止。水库边有一荒地，野草齐腰。中间有两块新垦的活土，分别插着磁卡和两把雨伞，我觉得奇怪，便拍了几张照片。远远地看见一中年男人赶着一群牛过来，我便迎上去，问他那是什么，他说："傣族人的坟。"坟也是平的，几年后，雨伞破了，野草长出来，不知道有多少人还记得那下面埋着人。

早上的曼真，也是个空寨，几个着黄衫的小和尚在打桌球，另外一个小和尚骑着自行车在寨子里飞驰。

八

肖志欣是那场葬礼上最忙的一个人,从砍树棺到下葬,她一刻也没离开过。至亡者入葬,她才抽身带我去水河新寨拜见寨中"贝毛"(祭师)。出所住人家家门时,又见其女儿着盛装,遂叫她们站在门前合影。那道木门,经年累月,贴满了港台男女明星的照片,不下20张,有古天乐摆酷、有梁咏琪做淑女状、有谢霆锋一脸凶气、有郑伊健胸上文身持长刀……明星照垫底,上有春联是中国电信的赠品,联云:"万事如意全家福,一帆风顺家业旺。"印象中,明星中间,还贴了一门神,好像是关羽。家挂明星照,已成习俗之势,我到过的山野人家,莫不如此,就连新寨的"贝毛"家中,也不能免俗。

"贝毛",60岁左右,一脸的亲和与慈祥,见我们入其家,便招呼吃饭。他说哈尼语,与肖志欣对答,我偶尔插言,他亦能说一些简单的汉语。他的家在"寨心"的旁边,屋内格局与肖志欣所住那户人家相同,但可以明显地感觉到,他家经济条件要好得多,且非常整洁。新买的沙发靠墙而卧,肖志欣没坐,他的儿子便把沙发搬了过来,一定要她坐到那被床单罩住的沙发上。听说我们已经吃过饭,一家三口也就没多客气,自顾吃饭,饭间,"贝毛"之妻偶尔站起,为我们倒茶水,"贝毛"则拿来一盒饼干。由于肖志欣的哈尼语显然还难以和"贝毛"进行深入的交流,所以,当我们坐在"贝毛"家看了一段用缅甸语制作的卡拉OK音乐之后,饭后的"贝毛"取来一张自己刻录的光碟,陪着我们看。光碟的内容,关乎"相剎剎":深夜,于寨门外杀一只山羊,置钱币等物于地上的芭蕉叶上,"贝毛"在暗光中,平静地念经。语调平缓绵长,持续时间近一个小时。内容多有重复。据肖志欣讲,关注的核心,总是生活的平安,"贝毛"口中的语词,大都是日常生活的具象。我是听天书,不知所云,只能从那暗夜、神秘的文字、山羊、沉默的围观者和偶尔闪过的亮光所共同组成的气氛中觉察到,仿佛有一股力量,在把困扰人们的鬼邪之物,往黑夜的更深处驱赶,让它们远离人居的寨子。而被驱逐者不可见,在空气中,在具体的物件上,无影无形无声,它们并不想走,所以,处于人鬼之间的"贝毛",献之以牺牲。子曰:"祭如在,祭神如神在。"一样的道理,祭鬼鬼亦在。明代卓越的做过云南姚安知府的思想家李贽(回族人,原名林载贽,字宏甫,号卓吾,别号温陵居士,福建泉州人)在其《焚书·鬼神论》中曰:"小人之无忌惮,皆由于不敬鬼神,是以不能务民义以致昭事之勤……"说到人为什么怕鬼,他说:"乃后世独讳言鬼,何哉?非讳之也,未尝通于幽明之故而知鬼神之情状也。"不敬鬼神则不知敬畏,以为天地万物都可玩弄于股掌,类似的人不少。而人之所以怕鬼,乃心鬼作怪,人若如"贝毛",对鬼,敬之,则可驱之。鬼之情状,几人能见?大都是心造的幻境。少年时,在老家,我的一位大爷说,以乌鸦血涂眼,就可以看到鬼的世界。他之说,属方法论,但没人敢经历,乐于心想,乐于自己跟自己的影子战斗。

"贝毛"之经,全靠口传心记,现在寨子里的年轻人,无心于此,每到夜中,便骑摩托车下山喝酒去了。他之法,相信会成绝响。由于普洱茶热销,茶园面积极大的南糯山,茶农收入颇丰,是以多数的年轻人都购置了摩托车。据交警部门的朋友说,近来在僾尼人中发生了两场"决斗"事件:为了得到一个女孩子的垂青,两个年轻人,骑车来到高速公路上,分立100米左右的路的两端,加足马力,狂飙一样对撞……

从"贝毛"家出来,夜已深,"寨心"广场亦黑黝黝的。从新寨返老寨的道路两旁,萤火虫跟天上的星星一样多,像寂静世界舞台上的布景,至于上演的歌剧,来自青蛙。可以想象,在青草和甘蔗林中,肯定聚集了全世界的青蛙,它们一起鼓着腮帮,拼命地高歌。送肖志欣返家,其家对门的一户人家,有人吹笛,有人唱歌。歌不是什么古歌,而是《边疆的泉水清又纯》之类。唱什么歌属次要,触动我心的,是这样一种劳作之后的家庭生活。它远了,远如传说,是夜,却让我在水河老寨遇上,仿佛看见我那去世多年的老外婆,一头银发,笑盈盈地又回家来了。

九

离开南糯山的时候，我又在其寨门前踟蹰了很久。这个哈尼语称"勒坑"的地方，仿佛一个世界的出口和入口。类似的寨门，南糯山有很多，但规模稍小，却更直接。比如一男一女的木雕，在山上是裸体或以男女生殖器代之，在这儿却是盛装。寨门分三种：前门，全寨活人进出的圣门和净门；后门，死人进出，通向山野；侧门，家畜及因事故而死者进出，乃不净之门。正门的门顶横梁上，端坐木雕鸟阿吉，它是天神的坐骑，是寨神降临的象征，能拒恶灵于寨门之外。之所以立狗之木雕，他们认为："狗血淋洒之处，即是人鬼的分界线。"在他们的文化谱系中，人鬼本是双胞胎兄弟，但人鬼不和，见面就有争斗，为了平息事端，天神摩咪拉下夜幕遮住了他们的眼睛，并趁机将他们分开，画地为界。也因此，僾尼人忌生双胞胎，一旦生了就被视为恶灵，溺婴，并将其亲人赶出村寨，以火焚其屋，一年之内，不准与寨人交谈。

关于寨门，门图与高和所编的《僾尼风俗歌》中有《寨门神献词》：

哦，
神圣的寨门神，

今天是老扛阿培（竜巴门节），
是个吉利的日子，
我们用新鲜猪血，
我们用喷香的米酒，
祭祀你。
…………
哦，
吉祥的老扛然明（寨门女神），
威严的老扛然优（寨门男神），
你们是山寨的卫士，
你们是山寨的眼睛，
你们有无比的神力，
你们有非凡的智慧，
你们有超人的胆量，
你们替嘴玛（寨主）守寨门，
你们为山寨驱鬼邪。
因为有了你，
山寨才会安宁；
因为有了你，
五谷才会丰登，
六畜才会兴旺。

…………

寨门上有九个台阶,

台台上面都有猫狗虎豹站立。

门柱边挂着木刀木枪和梭镖,

神男神女两边站,

把不幸和灾难挡在门外,

将吉祥和如意送进山寨。

哦,

神圣的寨门神,

威严的寨门神,

你是一棵参天大树,

不会在旱季里枯死;

你是一块巨大的磐石,

不会在狂风大浪前动摇。

鬼神在你面前却步,

病魔在你面前低头。

哦,

神圣的寨门神,

威严的寨门神,

…………

但愿你不要让我们失望,

> 这是嘴玛的吩咐,
> 这是寨人的祈求。

寨门旁的木雕男女,更多的是利用人形的树丫,顺自然之势而雕成,基于生殖与繁衍,突出男女生殖器,有的甚至将男根和女乳涂成红色。也有寨门,男女木雕并排而立,互执对方的性器官。至于木雕交媾者,也有。

据说,每年樱桃成熟的时候,就是僾尼人立寨门的时候。寨门竖起,在肃穆的气氛中,参与之人,都要气沉丹田大喊三声:"杀!杀!杀!"杀什么?杀寨门之外的辽阔世界上的鬼。我所面对的这个寨门,已不是传统文化的那一类,它立着,只是一个象征。难道说,每年的九月驱鬼,当人们挥舞着用木炭画满咒符的木刀,在"贝毛"的率领下,满寨作砍杀状,赶出来的鬼,也敢从此经过,一路地走到世界上去?

04

大雪山上的茶祖

一

豹子和老虎的队伍，从耿马县边界向东横移，过了大雪山，就从突兀的山脊上往下突进，在小户赛、公弄大寨掠取充足的人畜猎物后，无视身后提着农具叫嚷却不敢近身的哀伤的布朗族追兵，吭哧吭哧地往嘎告山下走，消失在40公里长的冰岛峡谷中。

这条单向度的猛兽对山地族群侵袭的血腥之路，与土司时代强大的耿马土司兵马对勐勐土司辖地进行长时期的伐扰，仿佛边地天空下的两部悲剧性史诗，从丛林法则和民族史的两个维度，苍凉地呈现出作为茶国的双江县早期拓荒者的生存画卷。土司之间的联姻、结盟、伐异，在勐库、勐景庄和勐允养三个小勐合并之后，由于第一代土司思汉梅时代自身的迅速鼎盛而导致了耿马土司的嫉恨，最终开启了耿马土司百余年时间的东南用兵史，而耿马的豹子和老虎对大雪山东坡山地族群的噬食与恐吓，则完全是因为布朗和拉祜人的弱小与无助。大雪山方向吹来的风，让公弄寨边上500年的那棵佛祖树（铁力木，布朗语称梅橄过），一个季节开白花，另一个季节开红花。

傣历年白鹭翻飞的时间某处，一个橘红色清晨，一个汉族白衣道士因此走进公弄寨，告诉人们：寨子所在的山丘下藏着一股不会枯竭的泉水，把土丘挖开，砌起一个水池，一旦有豹虎之警，即使是黑夜，水池也会发出白光，而白光正好可以照见大雪山上的豹子和老虎，以及它们随后向着寨子挺进的道路。在这闪电一样锋利而又永恒的光芒照射下，豹子和老虎的队伍将不会再继续东犯。这座水池名叫莲花池，傣语称"糯摩窝"，现在还在公弄寨一户布朗族人家的茶寮边上，水位不升不降，看上去与普通水池并无差别，但寨子里的人们笃信它有着超现实的神力。时间的豹虎因为时代的转换而只在大雪山上留下转瞬即逝的影子，但口口相传的记忆性寓言还会依靠原生宗教的力量，不断地占领一颗颗新生的心脏。毕竟，在他们的世界观里，现代文明的成分尚不能与时刻都命悬一线的求生历史相提并论。神秘产生于虔信，在遗忘与新的幻象取代豹虎的锦绣皮毛之前，"糯摩窝"还会是白光的源头，水面下藏着数不清的橘红色僧袍、道士的白衣、降伏豹虎的剑和迷途上的公鸡图腾。

二

染饭花一丛丛开在路边的台地上。早春二月的清风是蓝色的，像是天空里溢出的银河水，无形，凉薄得一如阳光里悄然弥漫的月光。由豹子和老虎下山时踩出来的路，已经悉数收归灌木和松树，条条都是岔路或歧路，它们爪坑里的豹骨和虎骨也许就是它们的，也许不是它们的，上面堆了一层又一层的染饭花。现在的路是在一条条老路的基础上铺上一层层沙石，又从岩壁和深谷的两个方向一次次强取了一寸又一寸的宽度，最终叠加成的一条硬化路，俗称乡村公路。由于道路是从辽阔的世界反向通往有限的几个村寨和孤立的大雪山，路的尽头是设置好的，即勐库古生茶树群落保护管理所瞭望塔，路上往来的车辆很少——在世界陡峭的尽头上驱车飞驰的，多数是生活在尽头上的人们。旧时代的马帮从这一个区域驮着山货和茶叶奔赴勐库、博尚、勐托、缅宁等世界的入口，赶马人手上往往提着铓锣，每到一个只容匹马单人独过的逼仄弯道，都要提前敲响铓锣，以防与那些从世界上带着铁器、盐巴和布匹孤单归来的人相遇在难以错身而过的绝壁之上。在绝壁上因为对峙而往回退，不少的马匹掉入了深渊，深渊里也常有成群饥饿的野兽一边仰首嗥叫，一边焦虑地等候着天空送来的食物。现在，这样的场景已然消失，以前的绝壁、深渊、迷雾丢掉了古老的绝地本质，茶树在几百年时间的递进中征服了它们，变成了它们的主人。但它们的神秘性以及它们的主人和它们主人的主人，仍然是世界尚未被充分认识的那一部分——尽管同处这一区域的"冰岛茶"已经成为普洱茶象征而广为人知。

宽狭不一，弧度与坡度却非常接近，从不同的方向通往大雪山的路有很多条。没有选择大鼓山、公弄、小户赛一线上山，而是从南勐河与懂过河交汇处的嘎告深入西半山，过大户赛，然后进入大雪山，是因为我想借机拜谒嘎告半坡上的神农祠和五家村后山石椅子处的山神庙。与我同行的杨炯和俸健平，前者曾担任过双江县茶办主任，参与了2002年12月由中国农科院茶叶所牵头的大雪山古茶树群落科考项目，是《云南省双江自治县勐库古茶树群落现场考察鉴定意见》文书的参与者与见证者；后者从小生活在冰岛老寨，是冰岛俸氏号茶业创立者和"冰岛茶神话"的亲历者，茶界称他为"冰岛王子"，或直呼其小名"阿金木"。在我与他们相识的近20年时间里，以勐库为核心地理标识的双江普洱茶开启了自己的黄金时代，由质优、量大，通常只能作为某些著名品牌茶神秘配方中的神奇元素的尴尬现实中破茧而出，驱散遮住自己的迷雾，异峰突起，为天下茶人、茶商所认知和敬仰，茶神归位，成为普洱茶王国中优质茶品的标高。在这场双江普洱茶公开向世界索取自己应得"名分"和证明自己尊贵品质的"攻坚战"中，我曾经看见杨炯在昆明手捧名不见经传的冰岛茶品,怯生生地前去拜访一位位茶叶专家和茶坊主人,推荐、求教、问路;也曾见他陪同赵国娟和杨加龙等优秀茶人出现在早期的一个个茶叶博览会上,在众多著名品牌茶企盛大的道场周边摆下自己小小的摊位,自信但又自卑地向熙来攘往的东南西北茶商展示自己产自冰岛峡谷中的一款款茶叶手工作品。2003年前后的一天晚上,我和西双版纳古六大茶山的几位著名茶人在翠湖边喝茶,杨炯知道后,从国贸中心的茶博会上赶了过来,带来了杨加龙早期制作的冰岛茶公斤砖,满脸堆笑,弯着高大的腰身,拜求几位著名茶人能泡上一泡冰岛茶,言辞恳切,态度谦和。但他和他带来的茶没有受到几位茶人的重视,其中一位茶人甚至拿出了一饼曼松古树茶,在他宽大的脸庞前晃了晃,告诉他"18万元一饼",有炫耀的意思,也有蔑视冰岛茶的意思。他却也不恼,向茶室主人借了一把茶刀和几个茶袋,另找一张茶桌坐下,把那茶砖撬开,按人头分成了几份,叫我过去,拜托我把它们分赠给"骄傲的版纳茶人",并且嘴巴凑近我的耳朵,非常肯定地,恶狠狠地说:"他们不懂,他们会被冰岛茶吓死的!"然后扬长而去——后来我听说,当晚他和杨加龙在昆明关上的一家小酒馆里喝醉了,说了很多豪言壮语。而我也把他留下的茶分发给了几位西双版纳茶人,并对他们说:"1999年写作《普洱茶记》一书的时候,采访勐海茶厂,收原料的和拼配车间的受访老职工都告诉过我，双江勐库茶一直是大益茶必需的拼配原料，你们的傲慢非常可笑！"这个说法，现在已经成为公论，当时却被视为勐海茶厂的"机密"，很少有人知晓，勐海茶厂乃至大益集团高层人士从不对外提及。事实上，这几位版纳茶人后来都先后进入了双江勐库的冰岛峡谷，精心制作了各自的冰岛系列茶品，我想，这一定与杨炯送他们品鉴的冰岛茶有关。至于俸健平，2004年，我第一次前往勐库时，他也是杨炯介绍我认识的，当时他没有创办"俸字号"茶业，收茶或亲手把自己家茶树所产的鲜叶初制为毛茶，卖给别人，自己的自主品牌产品尚未出现，却为另外一些茶企接续"冰岛血统"做了神奇的隐姓埋名工作。从他2006年春以"冰岛王子"作品华丽现身普洱茶领域以来，我看到的是一个以一砖一瓦耐心重建"冰岛缅寺"的香火传承者——他不是唯心的拜物教信徒，而是以天然的冰岛老寨傣族原生身份，沉默、坚实地做着冰岛茶的"灵魂塑造"工作：低调、不事张扬，尽可能完美地用自己的茶品向世人释放着冰岛茶独一无二的魅力，让"冰岛王子"等系列茶品得以经典化并具有了普洱茶的象征性。

他们不止一次向我描述过神农祠和石椅子处的山神庙。我们抵达嘎告的时候，太阳初升，冰岛峡谷之东的山脉还在阴影里，西面的山山岭岭已经被阳光照亮，南勐河与懂过河的河谷中，开放的攀枝花犹如一座座燃烧的宫殿在薄雾中浮动，它们的身边再点缀一丛丛桃花、迎春花、油菜花，使整条冰岛峡谷就像是一明一暗的两个神话王国，在并列中同时向我们铺开了它们壮阔而又芳香的天路。所有花朵，不论形态、颜色、多寡，每一朵都仿佛捎带着喜讯，与花朵下、枝叶间和水声里响起的清亮鸟啼，同样形成了有形和无形、有声和无声的双重呼应关系，既像是菩萨讲经的圣坛与众生皈佛的广场合二为一，又像是天空中盛大的滴水仪式与山谷中数不清的牛腿琴弹奏现场融合在了一块儿。梵音、幻象、俗尘异趣、自然之美、时空的奇妙混生与变化，在客观真实的一条峡谷中立体化地呈现在我们身边，我如同在圣水中洗礼后站在了人间与仙境的边界上。

神农祠与山神庙相距不远，隔了几个山头，都在从嘎告去大户赛和大雪山的道路边上。山神庙始建于道光二十五年（1845年），神农祠于2005年10月奠基，2006年5月落成，中间隔了161年。炎帝神农在这一区域的兄弟民族中被奉为"茶祖"，理由非常古老同时又具有现代性——他在以大雪山为核心的布朗山上发现了野生茶树并驯化了它们，让大雪山成为世界的茶叶源头。传说契合了双江乃至临沧茶区人们质朴的茶学观念："勐库大叶种"优质古茶树并非异地引入种植，而是大雪山万亩野生古茶树驯化而来，这是炎帝神农完成的人类植物驯化史上的杰作。所以，我们发现，新石器时代的炎帝神农，在2006年由人们用雪花白大理石雕刻为高9.5米、宽4米的坐姿神像时，他白髯飘飘，满脸笑意，目光睿智，神态清晰、逼真，没有丝毫艺术化创新所带来的不确定性，分明就是一个身形放大了几倍的有创世之功的古典化真人。而且雕像上他左膝盘踞雄鹰，梅花鹿依傍在身右，左手扶犁，右手握穗，每个细节都严格遵守了古籍和传说之论，人性化的艺术之光从大地升起，刚好触及历史天空的边缘就谨慎地收住——有限度地还原，才能让神性化的人物雕像在普罗大众的美学世界中获得持久的合法性。唯其如此，不论是神农本身还是传说中的五谷神农大帝，他与嘎告之上古茶树生长的群山、面对着的两条河流、河流东面的又一片群山、群山中的人居聚落、茶叶神话及其理论，才是匹配的、一体、共存的。先其161年存在于这片山野之上的山神庙，立场、格局、气象则与之大相径庭。首先，出现在当代的神农祠"偶像"，潜意识中和理性思考之后，人们都迫切需要他是实实在在的、唯物的，最好是会开口说话的；而时间迷宫中的山神庙"偶像"则因为他是隐匿的，形体、职能、荣光超出了人们的思想与意志，他的一切都不是人能决定的，他的形象因此无法用语言准确地进行描述，状若拥有神力的一尊天生的灵石图腾，又似另一王国中某尊神灵的魂魄。其次，神农祠从牌坊至雕像有69级台阶，雕像下是大理石铺就的530多平方米的广场，广场的两边还有优中之优的茶品展览馆以及茶艺馆，一派庙堂气象；而山神庙则由几根木头撑着几片石棉瓦，石香炉还像是石头里装着一个香炉，石狮子还像是石头里有一头狮子，周围的栗树密集无隙，看上去所有的天造之物和人工之物都还是山峰神秘的组成部分，没有一样能从"偶像"的小庙和山体中独立出来——不可知的力量在暗中将它们聚合成一个整体。

杨炯和俸健平说，在一些特定的日子，周围的茶农乃至不少从远处赶来的人，都会聚集在神农祠和山神庙，以不同的方式进行祭拜活动。但这一天，也许是因为时间是清晨，两个场所都很寂静，几乎没有人。我看见炎帝神农的腹部上有一株叶片变黄的草在春风里摇曳，而山神座前一个香炉里插得满满的红色香烛正好被林间透入的一束阳光照亮，几束蜡烛的光也在春风里摇曳。站在山神庙旁边的路上眺望另一道山梁上的大户赛村，白色的一幢幢房屋像仙山上缥缈的楼台琼宇。一块蓝色牌子钉在树上，上面有着大户赛村民理事会制定的《大户赛山神庙告示》，内容共六条，其中第五条是：

在山神庙杀生（牲）祭祀的香客需交纳卫生管理费，标准如下：

1. 杀鸡交纳 16 元 / 只；
2. 杀猪、羊交纳 106 元 / 头；
3. 杀牛交纳 186 元 / 头。

三

1990年代中后期是当代普洱茶崛起的前夜，期间发生了两件大事。一件发生在西双版纳州勐腊县易武镇，一件发生在临沧市双江县勐库镇，它们对普洱茶由历史性的没落、无人问津到全面复兴和空前鼎盛产生了重大影响。两件事，一件让传统的名茶山手工作坊式普洱茶死灰复燃并就此拉开普洱茶复兴序幕，一件则因为勐库大雪山野生古茶树群落的发现而找到了世界茶叶的源头。

事件一：1994年8月22日，台湾茶人吕礼臻、陈怀远、吴芳州、曾至贤、汪荣修、纪华丰、白宜芳、林仲仪、刘基和、黄教添、陈炳钗、谢木池等20余人，首次探访他们心目中的普洱茶圣地——"易武正山"。圣地衰落，"宋聘号"和"同庆号"等号级茶的始祖茶庄不复存在，整个易武只有一所绿茶初制所，普洱茶制作工艺几近失传，一行人不禁感慨万千。1995年，吕礼臻、何健与香港茶人叶荣枝又一次来到易武，吕礼臻委托时任易武乡乡长的张毅按传统工艺制作一批普洱茶，而张毅又找到了"宋聘号"老技师李官寿，终于在1996年春天以易武茶为原料生产了三吨传统手工圆茶，被吕礼臻命名为"真淳雅号"。对当代普洱茶而言，这款普洱茶有划时代的意义。随后，更多的中国台湾、香港地区，韩国、日本、马来西亚及欧洲的茶人、茶叶专家和媒体人开始进入易武为首的古六大茶山做茶、考察、采访和拍摄各类茶叶艺术片。1995年12月,台湾茶人邓时海先生《普洱茶》一书出版发行;1996年,张毅创建"顺时兴"茶庄,并动员蛮砖茶山老茶人权存安创建"权记号"茶庄、象明老茶人王子先创建"王先号"茶庄;继而勐海茶厂也推出了后来在茶界产生巨大影响的几款私人定制茶品,比如台湾茶人庄荣洁定制的"99绿大树",广东茶人何宝强定制的"2000年班章珍藏青饼"(人称"大白菜系列")和"2003年班章六星孔雀青饼"(人称"六星班章")……普洱茶就此从茶山的深壑中开始朝着山顶迈进,看见了天边弥漫的曙光。而且,也就是同一时期,著名茶人戎加升在创办双江第一家民营茶厂的基础上,于1999年收购双江县国营茶厂,创牌"勐库戎氏",成立云南双江勐库茶叶有限责任公司,率先将"勐库大叶种茶"带上了世界茶叶大舞台,使之逐步成为普洱茶的杰出代表。

事件二:1997年3月20日,云南省临沧市双江县勐库镇公弄村委会五家村村民张正云等人到大雪山采药,在海拔2400米至2750米的山峰中上部密林中,意外地发现了大片野生茶树林,有的植株需要两到三人才能合抱。他们把鲜叶采回家,稍做加工后饮用,感觉茶味与日常饮用的茶叶味道有所差别。同年8月,豆腐村村民唐于进等人又入大雪山"追山",所见的一棵野生茶树基干围粗竟然达到3.25米,胸围3.1米。之后的几年间,双江县和临沧市多次组织联合调查组,对大雪山野生古茶树群落进行详细调查,认定野生古茶树群落分布面积1.2万余亩。1998年《云南茶叶》杂志总第76期刊载了李太伦撰写的《双江县野生古茶树群落调查报告》。当时有关茶叶之源的讨论,或说印度阿萨姆,或说中国云南澜沧江流域,这一发现支持了后者,而且将源头落到了实处——大雪山大面积的野生古茶树无异于令世人惊诧无比的"活化石",它远比云南众茶山所发现的零星"茶树王"更具震慑力和科学价值。一系列的发现与考察,也引出了2002年12月的一次权威性科考,参加单位有中国农科院茶叶研究所、中科院昆明植物所、云南农科院茶叶所、云南农业大学、昆明理工大学、云南茶业协会等专业性机构,科考委员会主任委员是中国农科院茶研所从事茶树种质资源研究的权威专家虞富莲先生,副主任委员是中科院昆明植物研究所主任、教授闵天禄先生和云南农科院茶研所研究员、博导王平盛先生,组员有蔡新、侯明明、张俊和曾云荣四位教授和茶叶专家。科考委员会形成了《云南省双江自治县勐库古茶树群落现场考察鉴定意见》,2003年第2期《中国茶叶》杂志还刊登了主任委员虞富莲先生的《双江勐库野生大茶树考察》一文,两个文件在对野生茶与栽培茶进行生化比较后,虽然否定了大雪山野生古茶树与勐库大叶种茶树之间存在关联关系,认为属于大理茶种的野生茶树不可能被驯化成属于普洱茶种的勐库大叶种茶树，它们之间并无渊源关系，但一致认为，大雪山野生古茶树群落是目前国内外已发现的海拔最高、密度最大、分布最广的古茶树群落，"它对进一步论证茶树原产于我国云南以及研究茶树的起源、演变、分类和种质创新都具有重要的价值；双江自治县是世界茶树起源中心之一。"大雪山是国内外珍贵的自然遗产和生物多样性的活基因库，茶树原产地、茶树驯化和种植发祥地。

两个事件发生时，知道易武、班章、冰岛和昔归茶山的人很少，通往大雪山的小路上并没有多少茶叶朝圣者的身影，世界还是寂静的，普洱茶革命也还是静悄悄的。决定性的变化是，1980年代中后期以收双江茶原料卖给勐海茶厂为生的老茶人吴达正说："1989年我承包了勐库邦改茶叶初制所，自己开始做红茶，卖给茶叶站和外贸公司，一做就是10年左右。但是2000年我以三万八的价格买下了小勐娥茶叶初制所，就不再做红茶，开始收鲜叶卖给老戎（戎加升），9角钱一斤，春季时每天平均两吨，一直做到2010年。之后，开始做自己的品牌茶。"由勐海茶厂的原料供应商变身为红茶生产商，又变身为"勐库戎氏"的鲜叶采购者，最后终于自创品牌，自主经营，吴达正先生身份的转换，从一个侧面说明了双江茶业在普洱茶崛起前后的阶段性发展轨迹。而这一轮轮变化，特别是后期经营方向的变化，与两个事件的发生不无关系。

四

奥地利诗人赖内·马利亚·里尔克在其诗篇《杜伊诺哀歌》中写道:

> 因为美无非是
> 我们恰巧能忍受的恐怖之开端,
> 我们之所以惊美它,
> 则因为它宁静得不屑于
> 摧毁我们。

在进入大雪山之前,我承认我的内心有着不安和恐怖。从耿马过来的豹子和老虎的队伍又出现在幻觉中,杨炯所描述的他数次入山的艰辛历程同样考验着我的心——他说"浓雾像一件打湿了的白衣服死死箍在身上",又说"长刺的藤条总是在腰间来回拉扯",而一个个深谷"比童年时代饥饿的黑夜还要辽阔很多"。是吗?坐在勐库古生茶树群落保护管理所门前空地上喝茶和整理行装时,我又一次问他,他又说了一堆比喻,并且说他不是为了让我打退堂鼓,而是想让我"在思想上做足朝圣的准备"。但当高大、健硕、威猛得像雄狮一样的管理所所长勾章明移步到我身边,让我放心,告诉我他将陪我入山时，我倒悬着的心虽然还是倒悬着的，跳动的频率却减缓了。勾章明用手指了指不远处正在打电话的县林业局布朗族女干部苏燕，说："她入山至少100次了，这次也进去！"

没有浓雾，站在原始森林边上的瞭望台上俯观和仰视，可见的那一部分大雪山在阳光下由绿、黄、灰、黑等不同的颜色混调而成，植物集体性隆起的一个个穹顶、收缩下去的片片斜坡与带状的深谷，仿佛倾斜的大海维持着自身的平衡，同时又在沉静地波动、起伏。从海拔3233.5米的邦骂主峰向下延伸出来的四条清晰山梁，状似蓝天之心游出的四条绵长、庄严的鲸背，让"倾斜的大海"具有了生动的立体感，也展现出了磅礴的不可测度的隐藏着的巨大能量。除了主峰那圆形的制高点可以看成某种秩序的开端或终结而外，由于没有悬崖或其他特别显眼的东西可以作为植物之上的坐标，这片万有的森林在我的视野里，一闪而过的飞鸟可以当成起源，一根竹尖、一片栗树叶、一声泉鸣、一节高扬的枯藤、一个暗影、一朵花，无一不是森林铺开的原点。一棵还没看见的野生古茶树呢？自然也是，而且正是因为它和它们，这片"倾斜的大海"拥有了圣坛一样的荣耀和秩序。

太阳还处于斜照阶段，当它的金光洒在进入密林的路口，并勾勒出树木冠顶的曲线，我看了看眼前自己并不认识的杂生树木，也看了看林间天空遗漏在地上的光斑，刻意挤到了入山队伍的前面——如此陌生的森林,没有松柏、桉树、白杨,绝对的处女林,是豹子和老虎的队伍经历过的,说不定某些树缝中还留着一绺绺豹虎的毛,说不定前面的某团空气中还遗存着拉祜猎人追捕麂子的脚步声,说不定那些不同的植物种类勾连而成的浓荫里,有一簇盛开的山花是我记忆中野火也不曾烧毁的旧物——我是队伍中年龄最大的,但想先于别人,首先遇见它们。好奇心一直引领着我,老哥哈萨式的精神还没有从我的身体中消失。我还没有站稳,勾章明低沉的声音就在我身后响起:"走吧!"我让自己站稳,又弯腰系了系鞋带,然后直起身就夸张地朝林中迈开了步子。一个英雄主义者的脚底下响着一种带齿的枯叶的脆响,耳中竟然回响起大学时代那个同班女生所朗诵的北岛诗篇:

走吧,
落叶吹进深谷,
声音却没有归宿。

走吧,
冰上的月光,
已从河面上溢出。

走吧,
眼睛望着同一块天空,
心敲击着暮色的鼓。

走吧,
我们没有失去记忆,
我们去寻找生命的湖。

走吧,
路呵路,
飘满了红罂粟。

路是进入大雪山腹地的便道,时而是路,时而是路的前身,时而在沟涧的这边,时而在沟涧的那边,上面并没有红罂粟,顽固地存在于它上面的或说彻底地控制着它的,是不管在高地还是在涧底都存在着的向上的平均20度左右的坡度。瞭望台上所见的四条"鲸背"没有了具体的征象,路面指向的地方就像是前往四条巨鲸的骨架之内,曲绕盘旋,忽升忽降,腐殖土浓郁的气味和密林中特有的阴冷气息,也如鲸落之后散发出来的古老味道,令人窒息,也令人如蒙恩膏,冥冥中似有一种神秘的力量在牵引着你。但由于是春日的晴天,没有雨水、风暴、冷雾，客观上它没有传说中和我想象中那么艰险，但它的两边所提供的景象又是传说与想象所难以企及的冗繁与陌生。死去的竹林复活的边坡上很少有树木，小树旁边是小树，巨木与巨木在一块儿，而小树与巨木的身上生长的是同一种苔藓，疯狂的苔藓。我认识的榕树照例是林间领地和领空面积最大的树类，曾经在风中飘飘洒洒的气根长成了需要几个人才能伸臂合抱的树干，上面又垂挂着将来必将长成树干的气根。它们的根在地表上朝着四方蔓延，裹着厚厚的一层苔藓，像是巨蟒家族在地底聚会但又因为剧烈的翻滚而暴露在外，而且正谋划着一次高举着巨榕之伞轰轰烈烈的远征。一块磐石上长出一丛灌木，叶片绿得有如神助，枝条茂密如勐勐土司人丁大旺的子子孙孙，一时兴起，我用百度的识万物软件进行识别，第一次说是油茶，第二次说是含笑花，第三次说是天竺桂。接着我就把所拍照片发给对植物学颇有研究的诗人李元胜，问他是什么植物。他回答："樟科植物，感觉是香叶树，要等有花或果时才可以确认。"转过身，我问一直跟在我身后的老年护林员，这是什么植物？他的脸上落着一片阳光，眯着眼看了看，声音十分洪亮，告诉我："石姑娘！"我又用手指着不远处一道向阳的山脊上那些红花、白花、紫花，问他分别叫什么名字，他一一做了回答。存在着另一种植物学的地方，人们避开了对大雪山植被类型属于南亚热带山地季雨林的定论，对中山湿性常绿阔叶林和季风常绿阔叶林为主的生态系统中生长着的命名植物，明显的还没有进行科学认知。山野上开放的各种花，他们叫作幸福花、染饭花、平安花、染衣花、吉祥花、爱情花、臭花、香花、白花、红花、鸡蛋花，等等；对各种树的命名也总是按照树木不同的外形、气味、特征，从心理学和现象学的角度去进行：红毛树、断腰树、月亮树、发财树、寨心树，等等。我想在林中找出国家保护的云南红豆杉、长蕊木兰、苏铁，请这位老年护林员命名，但没有找到。

一直往密林深处走，过了一号歇气营地，我渐渐明白——这条路并不会横穿大雪山密林，而是一条断头路，只会通向科考委员会命名的1号、2号、3号、4号野生古茶树。路上遇到了五拨人，两拨是搞直播的外省人，带着沉重的器械；三拨是山中茶农，带着丰盛的祭品。沿途我一边大口喘着粗气，一边东张西望，科考报告中说到的黑长臂猿、黑颈长尾雉、绿孔雀、灰叶猴、巨蜥、黑熊、灵猫和白腹锦鸡，能看见它们在远处挂枝而过、睡在巨石上、在草丛中蠕动和在林间空地打开翅膀，或只看见其中一个场景，我的喘息声肯定都会小一点，甚至屏住呼吸。勾章明和苏燕走到前面去了，一直殿后的俸健平还没有来到我的身后之前，有一段路只有我一个人，心跳声怦怦怦地响着，我以为不是来自自己的胸腔。四下望望，没有见到人，又以为是某个隐形的身体带着心脏在与我同行，陡然一惊，见有一棵大树被风吹断在路边，借机坐了上去，双手捂住胸口，这才确认那冲到了身体外面的心跳声是自己的。坐在断树上往下望，两道山梁形成的深涧里全是一棵棵几人伸臂才能合围的大树，树冠遮天蔽日，树干犹如神殿一排排肃穆高耸的立柱，鸟鸣和风的声音时而像众声晨诵，时而像孤单晚祷，让我疑心里面真的藏着不为人知的奇迹。

俸健平喊了我一声，也坐到断树上。我对他说，很想去涧中逐一拜访这些树先生，喊着他们的名字。一棵是炎帝，一棵是孔丘，一棵是庄周，一棵是屈原，一棵是钟子期，一棵是陶潜，一棵是王羲之，一棵是李白，一棵是怀素，一棵是杜甫，一棵是颜真卿，一棵是寒山，一棵是陆羽，一棵是布朗族种茶始祖叭岩冷，一棵是拉祜族的江西王罗扎科，一棵是勐勐土司罕廷法，一棵是佤族的古代英雄江三木罗，一棵是王维，一棵是孙思邈，一棵是韦应物，一棵是刘义庆，一棵是段成式，一棵是苏东坡，一棵是王安石，一棵是陆放翁，一棵是黄庭坚，一棵是米芾，一棵是范宽，一棵是宋应星，一棵是朱耷，一棵是李时珍，一棵是读彻，一棵是蒲松龄，一棵是徐霞客……在我开列神的家谱一样的名字清单之际，俸健平从背包中取出了一个保温杯，旋开盖杯，那飘出来的茶香一如造物主葫芦中飘出的芳香灵魂。他把倒满茶水的盖子递给我："喝一口吧，2016年春的冰岛老寨茶！"一边默诵着神的家谱，一边啜饮着冰岛茶，我觉得坐着的断树缓缓地升到了空中，飞行在树先生之间，然后朝着野生古茶树聚落飞去。没有任何理由需要陈述了，我想，这应该是我20多年遍访茶山以来喝到过的最让人心神俱悦的普洱茶了，香甜入骨，气韵畅神，令我这陷入无边欢喜但又倍感劳顿的身体很快就松弛下来，既让我无我、无妄，又让我恢复真我、真身。也许在那时刻，任何一款普洱茶热汤都能解放我，令我生出救赎式的感慨，但真的无比完美：在大雪山野生茶树群落的边缘，登山路上，满心虔信地朝拜树先生的过程中，那一天，那一刻，我手上端着的是一杯独一无二的冰岛茶！

五

彭桂萼先生1936年所著的《双江一瞥》一书，第二章"舆地鸟瞰"中有"风景"一节，把大雪山列为双江"十大风景"之一，名为"雪峰积玉"。文字是这样介绍的："斑马后面大雪山，凌空而上，直插云端，为北区祖山，亦即全县绝高峻岭。四时有皑皑的白雪积于山顶，洁净无疵，宛若纯粹的玉石。"1908年出生的彭先生是临翔区人，毕业于东陆大学预科，曾在双江简易师范学校任教，是著名的抗战诗人，有"澜沧江畔的歌者"之誉。与朱自清、沈从文、闻一多、马子华等人有交往，亦与郭沫若、臧克家、艾思奇等人有书信往来。有诗集和边地专著多部行世。1947年当选国大代表，1949年任缅宁县县长。1952年2月遭错杀，1983年11月平反昭雪。关于大雪山这座"北区祖山"，他文字中所说的"皑皑白雪"已然很难见到了，但他断然不会想到，在他所列"双江十景"中位列第七的大雪山，现在被指认为世界茶叶的祖山。

时间的豹虎一直在两座祖山之间往返。尽管两座祖山是同一座山，它们也有着拉祜族人迁徙般的神奇力量，既能在同一座山上找到不同的神祇介祉，又能把众多山峰方能领受的奇迹与荣光尽数收集起来，垒砌为特殊的一座山。

六

过了二号歇气营地，路边和路两边的坡地上，野生乔木古茶树就多了起来，预示着我们来到了它们的"群落"中。而且，过涧越溪，登坡跨梁，也没有跋涉多久，前一波汗水逝去、新一波汗水刚起微澜，我们就来到了一个由南北两片缓坡组成的敞开的山谷中——阳光如瀑布倾泻下来，平坦的谷底沙地上横陈着的一块块白石头闪闪发光，谷地上方的一棵大榕树上钉着搭帐篷留下的铁钉,树底则丢着几块厚厚的木板,一坨坨马粪上有蚊虫飞绕、歇伏。勾章明双手叉腰,望了望南坡正在过来的队员,又望了望北坡,说:"到了。"我有些诧异地问他:"到了?"他腾出右手,指了指几十米外 2 号野生古茶树所在的坡地位置,说:"到了。"他右手指向的地方,草棘和树林间传来淙淙的流水声。

以下是我按拜访顺序写下的,关于 1 号、2 号、3 号、4 号野生古茶树的实录笔记。具体数据源自古茶树旁边的告示牌及 2002 年科考报告。

之一:2023 年 2 月 9 日下午
13:40,在 2 号茶祖下

不能称呼"这棵茶树"。我踩着溪水里的石头跨过一条沟涧,忘了疲劳,跳上一个个猛然升高的土台,看见祂的一瞬,我仰着头跟身边的一个人影(没去分辨他是谁),惊喜地嘟噜了一句:"哦,这尊茶祖……"

这儿所处的位置是东经 99°47′59″,北纬 23°41′53″,海拔 2648 米。茶祖目前身高 22 米,庇荫幅宽 15.6 米 × 12 米,其触地身围 3.86 米,向着天空抬升少许后,一个肉身变化为四个肉身,次第向上,向着八方伸出的数不清的手臂,每一只手掌都向外递送着闪光的绿叶。祂与四面的众树既同组为一片森林，又独立于它们之外。

涧中过来一缕清风，只想吹动一张绿叶，茶祖手上所有的绿叶都微微动了起来。涧中过来的一缕清风，本想吹动茶祖手上所有的绿叶，只有一张绿叶微微动了一下。我围着茶祖转了三圈，然后又背靠着旁边的一棵类似于栎树的树站了一会儿，静静地望着祂。来自对科考报告的困惑与不解（尽管理性上我是赞成的）令我无比悲伤，由狂喜转为茫然：科考报告及虞富莲先生的文章里说，大雪山野生古茶树属于大理茶种群落，比属于普洱茶种的勐库大叶种（1985 年被认定为国家品种）更原始，两者之间并无渊源关系，因为"在人类非常有限的活动时间内，不可能将大理茶种改变成普洱茶种"（虞富莲先生语）。大雪山下漫山遍野的优质勐库大叶种古茶树，不是茶祖的子子孙孙？那我们为什么又总是把野生茶树视为茶叶的源头？是谁驯化了它们？是在哪一座山上驯化的？也许真的是炎帝神农？一个诗人的猜谜——多少有些显得荒诞，尤其是在科学面前。所以，在离开"这尊茶祖"，向着海拔 2700 米的方向攀登时，我发誓要把来自科学的论断和自己满脑子的疑问一并清理干净。途中，看见一蓬结满坚硬蓓蕾的植物，我又问那位老年护林员："这叫什么名字？"他回答："笑脸。两个月后才会开花！"

之二：2023年2月9日下午
14:46，在1号茶祖下

海拔比2号茶祖所在的地点高了52米。

从木质阶梯拾级而上，我看见1号茶祖25米高的冠顶上绚烂的阳光与斜射在祂身前的一束阳光，形成了光环与光柱的奇幻效果。在那束阳光的光晕中，祂基围3.5米的金身有着粗细不一的11根分枝，不像是一尊孤立的茶祖，像是一群茶祖紧紧挨着且共用同一座神坛。祂们张开的手臂一齐撑起了13.4米至11.9米宽的不规则的天冠，像放大光明的大白伞盖佛母手上的白色宝伞。东经99°47′48″，北纬23°41′48″，这个位置，我视其为天下茶山心脏跳动的地点，丹府，寸田，灵台。

我在围着祂的木栅栏外转了三圈。

科考报告说："根据对1号大茶树的观测，树姿为半开张，叶片水平状着生；嫩枝及芽体无毛，平均叶长13.7厘米，叶宽6.3厘米，叶片椭圆形，叶色绿有光泽，叶面平，叶尖渐尖，叶基楔形或半圆形，叶质较脆，叶齿锐密，叶缘有近1/3无齿，叶脉9~10对，叶柄、叶背、主脉均无茸毛。鳞片3~4个，呈微紫红色，无毛；芽叶基部紫红色；萼片5个，绿色无毛；花冠平均直径4.0×4.5厘米，花瓣薄软，白色，无毛，雌雄蕊比低，花柱长0.7厘米，柱头5裂，裂位1/2~1/3，子房5室，密披绒毛。根据这一植物学形态特征,在分类上属于山茶科、山茶属、大理茶种 Camellia taliensis(W.W.Smith)Melchior。"

照我的理解,以其2700年的成长史,且仍以不朽的生命力继续成长着,用"道成肉身"或"肉身成道"来比喻祂都是贴切的。坐在网红直播所用的大树墩子上静观祂时,想起记忆中一桩桩拜树为父的往事,就觉得也许有不少到此朝拜的茶人在心底也呼唤祂为"父亲"了吧,荣光归于祂,而从祂铺展出去的道路永远属于尊祂为父的人。

之三:2023年2月9日下午
15:50,在3号茶祖下

没有找到东经和北纬的测定数据,海拔2640米,3号茶祖的道场设在比1号茶祖低60米的斜坡上,它们中间隔着成片的古榕与古栗木,是一些分别封神和为圣的其他世界的菩萨。所见的一尊古榕,十余根分叉而出的巨干率领着茂盛的苔藓和其他葳蕤的寄生物,寂静而又轰轰烈烈地朝着空中挺进,四周的杂木纷纷闪开、让路,像一条并排的有着众多河床的河流,从地上站了起来,改变方向,带着如此多的波涛、青草、水鸟和岸,前往诸天。

木栅栏上的告示牌文字说:基围2.5米,基径80厘米,胸围1.7米、胸径58厘米,树高21米,枝下高6.2米,冠幅南北长14.35米,东西宽12.22米。主枝在6.2米处分为三叉。海拔2640米。基干通直,为目前发现最高的一株茶树。

茶祖的生长速度已经抛弃了上面这些数据,2020年2月第一版《双江拉祜族佤族布朗族傣族自治县志(1978—2005)》所列代表性古茶树一览表中,3号茶祖身高是25米,与2号茶祖等高,而相同的告示牌上2号茶祖高22米、1号茶祖高25米。告示牌上的数据与县志数据不符,均不支持3号茶祖是"目前发现最高的一株茶树"说法。但我不相信这是测量和统计有误——不同时间的测量和不同时间的告示牌都会因为几尊茶祖的永续生长而变得不准确。

3号茶祖的身高不会在21米或25米高的空中停止,祂的生长还会给人们的测量学和统计学乃至文字学制造惊奇与混乱。我围着3号茶祖的木栅栏外转了三圈。看着祂身上阳光照亮的苔藓、其他杂木投来的枝影和一个个不知道怎么形成的坑,就像是在看一张星云图,祂的很多局部像极了模糊照片上月亮的外表。某一个恍惚的瞬间,我甚至觉得祂就是一颗树状的星球。

之四：2023 年 2 月 9 日下午
16:30，在 4 号茶祖下

海拔 2600 米，4 号茶祖是四尊茶祖中最靠近人间的那一尊——与海拔最高的 1 号茶祖比，祂的垂直高度离我们整整近了 100 米。

2003 年第 2 期《中国茶叶》杂志上刊载的《双江勐库野生大茶树考察》一文中，虞富莲先生差不多是怀着惊喜的心情如此写道："在海拔 2600 米处，考察队发现了一株极为罕见的大理茶与蒙自山茶 *Camellia henryana* Coh（属山茶属离蕊茶组 Sect. Heterogenea Sealy）连体的野生大茶树。大理茶树高 26.3 米，树幅 1.7 米，主干直径 0.64 米，蒙自山茶高 16.3 米，树幅 18.6 米，主干直径 0.6 米。双株树干连生处干径 1.05 米，净空高 4.6 米。两株不同种的茶树虽连生一起，但均按各自的遗传特性生长，两者除树干外观较相似外，芽叶特性有明显差别，蒙自山茶幼枝披黄色茸毛，幼芽呈紫红色，叶片小，叶薄革质，叶色深绿色无光泽，叶脉微凹，主脉披毛。遗憾的是未能采到花果，对它们的后代是否会因'无性杂交'而发生变异无法了解。这是一份非常珍贵的资源，有必要做进一步的观察鉴定。"

一尊大理茶祖与一尊蒙自茶祖，从地面斜升而起，形成"人"字形，在空中合二为一，并在连生之后共同托举起一个有着两种属性的众神之家，4号茶祖无异于是那些澜沧江边不同的家族成员有着不同宗教信仰的古老家庭的范本。同时，祂还让我想起了勐库镇冰岛村南迫老寨著名拉祜茶人罗扎克家的那棵栽培型"公母古茶树"——祂们将奇迹坐实为现实中的实象，仿佛欢喜佛现身在树身之中，反向的在生活的高空向人们诠释最为原初的欲望与反欲望，"空乐双运"状态下的双身上面，苔藓、外露的筋骨、苍古而又雄健的枝干令人悲喜莫测，唏唏若叹却又内心澄明。

12000亩野生古茶树核心群落，每亩平均有19棵野生古茶树，因为"科考"与道路的双重推荐我得以来到4号茶祖的福荫之下——正如我去到了另外三尊茶祖的座前一样，可当我在森林中发现别人早已发现过的另外一棵棵野生古茶树，我虽然不能再一一地前去向祂们称尊道祖，甚至只能粗俗地反复地说："哦，天哪，又有一棵！"我还是固执地认为，四尊茶祖只是象征性的，后来所见或来时途中所见的那些，祂们无一不是在世的神灵，包括古老的神灵之果萌发的一根根幼苗。因为祂们是源头。厘清祂们与勐库大叶种茶之间谜一样的血统谱系，所需的时间也许不会很漫长：人们在破解许多秘密和真知之时，时间之神往往会停止其豹虎般的脚步，甚至会反向而行，把我们带回那条祖先驯化野生茶树和茶树杂交变异的曲折道途上。

当然，古老的传说也是破解谜码的一条道路。关于这些茶祖的由来，拉祜族人的说法省略了所有的演变环节，他们把茶祖们直接当成了勐库大叶种茶的源头，而且是创世天神厄莎所安排的。传说有一年腊月二十八，厄莎变成一个猎人，带着勐库邦改的拉祜族人到大雪山撵山打猎，准备过年的食物。他们奔波了一天，两手空空，但却在万千树木中发现了一棵所有枝叶均朝着西方生长、不会落叶的神奇大树。厄莎觉得这棵树冒犯了自己的意志，口中念念有词，双手抱住树干使劲一扭，只听见大树轧轧作响，四周狂风大作，不仅大树的枝叶开始朝着四面八方伸展，而且树上的果粒被狂风卷入天空，随后又像雨点一样飘洒在地上。厄莎对着大树念道："接受东方的日照，让你的种子长遍山野，让你给人世带去财富与好运！"接着，厄莎从大树上摘了7片叶子，日落之时，带着猎人们回到了邦改。打歌场上当时聚合了无数的拉祜人，厄莎找来三块石头摆成"石三脚"，点燃柴禾，在石三脚上放一块石板，开始炒那7片树叶，同时煨水，用土锅炒红高粱，一切就绪，将7片树叶和红高粱投进沸腾的水中，煮一会儿，才又用木勺把水舀在一个个木碗内，口中念着："喝下它将消灾除难，祛病强身！"然后示意大家喝下去，并告诉人们这就是"茶"。三年后，天神厄莎再次来到大雪山，只见那棵大茶树四周的山地上全都长出了齐腰的茶树，厄莎高兴极了，伸出右手拍了拍大茶树。拉祜人也从此将那棵大茶树称为圣树。

七

朝圣的人走在下山路上,他看见
落日浑圆,黄金般的众山,宛若——
景庄的社神思汉梅
允养的社神敢朗法
以众多的化身,端坐在双勐盆地的四周
公弄的大鼓,冰岛的大鼓,还在时间之外
反复敲响,那些从雪山之巅
遁入嘎告谷地的豹虎已经没有了踪影
茶树下的人,在等新一拨春芽
他们也看见了落日,看见了神农祠上空
飞过的白鹭,用母语大声地吆喝着四周的黑石头

下了大雪山,回到勐库镇上,我没有预想中那么疲累,浑身反而充盈着如释重负的轻快与惬意。灯下翻读宋子皋先生《勐勐土司世系》一书,竟读出了荷马史诗《伊利亚特》中特洛伊之战的味道,与在山中喝冰岛茶有异曲同工之妙,暗想,什么时候心神松弛,一定要写写双江三勐合为一勐后的勐勐土司思汉梅的女儿罕聂甩。她是南勐河两岸美和战乱的源头。

05

巨石上的曼糯山

一

他叫岩迈，43岁，做了爷爷。

我们站在他的家门口，也就是"茶道布朗哥古茶坊"的门口东张西望。他家所在的曼糯大寨有120户左右的人家，位于曼糯山的中上部，往上是古茶园通往天空，往下则是几十公里长的斜坡直抵澜沧江边。斜坡上，传说中老虎成群的原始森林已经荡然无存，褐红色的土壤在零星的杂树、秋收后发黑的玉米秆叶和残留着一半绿意的荒草间坦然暴露，散发着觐拜阳光时眩晕的色泽。澜沧江的对岸就是人们说的"澜沧山"，隶属普洱市澜沧县。山是绝对的大山，岩迈说，祖辈的人从曼糯大寨去普洱卖茶，需要3天左右的时间，而翻越这座山就得用去一天，而且时刻都得提防滚石、深渊和树林中孤独地游荡的孟加拉虎、野象和熊。这山上堆满了白云，仿佛墨绿色的群山之上又存在着白色的群山，一如真实之山的魂魄。宋仁宗庆历八年（1048年），时任扬州知府的欧阳修，于蜀冈中峰筑堂，平视江南诸山，取堂名为"平山堂"。我今于曼糯大寨，站在岩迈的身边，眼中、心头也生出了"远山来与此堂平"的大象。

可还是明白，古茶坊终究不是平山堂。诗词与文人的骨头筑堂，古树茶与布朗人的神魂建坊，本无品质参差，在不同的甚至是两个平行的空间之内，它们分别成峰巅，但时间史与精神史肯定倾向于平山堂，而我们也不能对此心存怀疑。因为质疑、否决、摧毁所产生的黑洞，即便时间也难以填空。

岩迈用手指指着斜坡上的5个地方，说这5个地方曾经是5座缅寺，但只留下了5口水井，其中一口水井名叫"小和尚井"。5座寺庙不是毁于水灾或兵燹，几十年前，有人让筑庙的和塑佛像的人，亲手拆除了庙宇与佛像。有布朗人的寨子必有庙宇，曼糯大寨没有了，那5个地方重归荒野，在5座寺庙里当过小和尚的人，做过大佛爷的人，或早已仙逝，或垂垂老矣，把浩浩荡荡的子孙留在了没有寺庙的浩浩荡荡的群山之中，生命与生活重新回到了它们的源头。

二

在勐海县的茶山格局中，海拔1300米的曼糯山只有2000多亩古茶林，产量16吨左右，其规模甚至可以忽略不计。2003年春，当岩迈到某茶厂请来几位制茶师傅教人们采摘、杀青、揉茶、压饼等工艺时，这些外来的师傅也才发现这座迷雾笼罩的山冈上，不仅暗藏着好茶，还暗藏着勐海茶叶销往内地的一条秘密通道。而且，在与耄耋老人的交流中，他们还发现，他们所传授的技艺，曾经是这座山上人人通晓的常识，无非是常识归于尘土，他们才获得了重新布道的机会。2005年，岩迈不满足于原料销售所获得的微薄利润，创建了曼糯茶山的第一个茶叶品牌"曼糯古茶"，自己压饼向外销售，带着自己的茶饼，独自闯荡昆明、广州、青岛等地的一个个茶博会。至2011年，在"老班章"等勐海众多如日中天的品牌纵横天下的时候，其"曼糯古茶"竟然在本县举办的"茶王节"上摘得了两项金奖和一项铜奖。"条索紧结黑亮，香气高扬持久，杯底留香独特，汤色金黄明亮、饱满，苦、涩明显绵长但回甘悠久，山野气息强劲，叶底黄绿匀齐"，有此特点，曼糯古茶开始令人瞩目，价格也因此从几十元一公斤飞涨到了现在的1600元左右一公斤。

在谈论曼糯山古茶异峰突起之时，也许只有岩迈请来的那几位制茶师傅领教到了进入时间迷宫后的山野文明的悲剧性。曼糯山所属的勐往乡，现在看来，它仿佛西双版纳与普洱市之间群山里的一块飞地，隐匿、沉默、鲜为人知，是大千世界背过去才能看到的一个角落，而且是心脏边的向内的角落。可在两千年左右的中缅伐附史上，它一直在"骠国"与"蒲甘国"内附的交流畏途上扮演着澜沧江南岸最后一站的重要角色。明朝在缅甸设置缅甸、孟养、木邦、八百大甸、底马撒、大古剌等宣慰使司,并同时在中缅边境一带设置孟密宣抚使司、蛮暮安抚使司、孟艮御夷府、里麻长官司、茶山长官司、车里宣慰使司等"三宣六慰",勐往也一直是车里宣慰使司（辖今西双版纳州、普洱市和老挝部分地区）澜沧江之南（俗称"江外"）广大地区北上的重要驿站之一。清乾隆二十七年（1762年），脱离传统内附格局的缅甸雍籍牙王朝在缅王莽继觉的主持下，派兵进入云南九龙江和滚弄江的耿马、孟定、车里等地，征收花马礼贡赋，挑起了历史上著名的中缅"花马礼战争"。这场战争开始时清政府不以为意,认为只是"莽匪"对清王朝边疆的普通性骚扰而已，直至1765年12月21日云贵总督刘藻接到普洱镇总兵刘德成、署普洱府知府达成阿关于缅军入侵车里的急报，并令部属全力征伐，这才标志着"花马礼战争"全面爆发。缅军三路进犯,一路由勐龙滋扰九龙江；一路由勐捧、勐腊进兵橄榄坝；另一路则由勐海挺进勐往，直抵车里江（澜沧江），威逼普洱。刘藻一方面督军御敌，另一方面上书乾隆。乾隆也在其给刘藻的谕旨上批示："此等丑类，野性难驯，敢于扰害边境，非大加惩创，无以警凶顽而申国法。刘藻等既经调兵进剿，必当穷力追擒，捣其巢穴，务使根株尽绝，边徼肃清。恐刘藻拘于书生之见，意存姑息，仅以驱逐出境，畏威逃窜，遂尔苟且了事。不知匪徒冥顽不灵，乘衅生事，视以为常。前此阿温、波半、扎乃占一案，未尝不重治其罪，甫经半载，仍敢怙恶不悛，即其屡扰边界，已属罪无可逭。此次若复稍存宽纵，难保其不再干犯。养痈遗患之说，尤不可不深以为戒。著将此传谕刘藻知之。"（《乾隆朝上谕档》）乾隆下谕，刘藻自然也纵马三路迎抗缅兵，殊不知九龙江、橄榄坝两路清军连战连捷，而由何琼诏、明浩和杨坤三将统领的勐往一线清军，渡江冒进不说，还将兵械捆载而行，将弁徒手，掉以轻心，视"莽匪"如无物，大摇大摆地前去御敌。没想到，军队刚至勐往，便遭到了"莽匪"的四面伏击，明浩受伤，何琼诏、杨坤下落不明，清军大败。"勐往溃败"，导致后来败归的何琼诏等三将被斩，也致使云贵总督刘藻降职并羞愧地自刎于普洱。最为严重的是，它直接导致了这场战争进入了持久战。战争过程中，接任刘藻的陕甘总督杨应琚也因"欺罔乖谬，不能任事"而被赐死；接任杨应琚的伊犁将军明瑞也在对缅战场上身负重伤后引刀自杀；之后，接任明瑞的川陕总督傅恒则在战争结束前夕染病于缅，班师回朝后几个月不治而亡。与此同时，清军入缅作战死亡2万人以上，马匹损失6万匹左右，清廷拨付军需银1300多万两……

"花马礼战争"是一笔糊涂账，缅方说自己大捷，清廷亦将其列入"十全武功"之列，说自己全面奏凯。以今天的视角来看，这场战争其实就是一柄双刃剑，拦腰砍过，双方都为此流出了大量的难以收回的鲜血。而在评判战争过程中致命的战役性节点时,"勐往溃败"肯定应该视为将清军推入战争泥潭的第一块滚石,也就是多米诺骨牌游戏中倒下的第一块骨牌。摊开云南地图,你就会发现,澜沧江由北向南一路劈山裂野,至普洱和西双版纳一带,更是将国家版图上花团锦簇的边地活生生地切成"江内"和"江外"两个区域,"江内"依附于内省,"江外"则毗邻缅甸、老挝、越南。勐海一县均在"江外",孤悬之地也,而勐海之勐往乡,则处在勐海的最北端,隔江而望普洱。内省人南下,过澜沧江,踏上"江外"飞地,经勐海而走夷方,第一脚必然踏到的就是勐往的土地,"骠国"人、蒲甘人、"江外"国民,由车里朝北走,前往长安、金陵、北平,勐往自然也是江外最后的驿站之一。因此,岩迈才会说,祖上的人们背茶去普洱销售,同时也有内地人成群结队地渡江而来,到勐往收茶。那些人到了勐往,一人随身带着一个布口袋,白天收茶,晚上就缩进布口袋里在路边或街头呼呼大睡。著名的普洱茶专家彭哲也多次与我说过,在澜沧江上没有架设桥梁之前,民国乃至清代,地处"江外"的勐海和景洪等众多茶山上的茶叶,很大一部分都是经由勐往而销往内地的。天籽山主人李旻果祖上是思茅人,她一直在写一本名为《老虎与茶》的书,叙述与重现她的爷爷赶着马帮往来于思茅与勐海之间运茶的传奇故事。老虎出没于大江两岸的山峰之间,出没于勐往、勐拉和勐阿，爷爷和茶是幸存者……唯其如此，在民国时期，勐往曾设思普边行政分局、殖边分署、临江行政区和临江设治局等更替性机构，1949年一度设宁江县府于此。

在彭哲与李旻果诸君的口述中，勐往和曼糯茶山，其风云际会的画卷之上，那明灭不休的人影，无论是走夷方的、戍边的，还是逃亡的、贩茶的、原生的，他们的身上无一不携带着茶叶，无一不飘荡着茶香。"我始终认为，那曼糯茶山的布朗人，真正杰出的种茶人、制茶者，一代代往上推，只会是越往上的人越优异，越往上的人越是与茶树合二为一的，是茶神的儿子。茶道和茶技的传承，越往下，渐渐地丢失了很多精髓，直至因为诸多的原因而失传。今天的兴旺，可以说是久旱之后龟裂的焦土上又生出新的生命……"彭哲说，随之长叹一声。

三

勐往，《勐海县志》云："傣语地名，意为湖泊变成的平坝。"岩迈告诉我，应该是"湖泊变成的长满了稗子的平坝"更贴切。在布朗人的精神史上，平坝出现之前的湖泊是一个巨大的鱼塘，人们以捕鱼为生。某一天，释迦牟尼从此路过，见人们在与大风大浪的湖泊的搏斗过程中总是处于劣势，生活品质极其低下,便用手杖击破了北岸上高耸的山脉,让湖水流入了澜沧江,一片金色的土地因此呈现在了人们的面前,而且,这片土地上长满了稗子。那金色土地的旁边,高高的山峰名为曼糯,上面长满了古老的茶树。在我们立于茶树林间,眺望带状的勐往平坝时,岩迈神秘地告诉我:"看到这些茶树,释迦牟尼非常开心地笑了,并悄悄告诉我们布朗族的祖先——你们就住到那茶树生长的地方去吧!于是,我们布朗族人就一直住在曼糯山上,把长稗子的平坝留给了傣族人!"

古老的茶树上长满了金叶子,布朗族人可以依靠它们繁衍生息,可它们的祖先在辟世之初未必知道,在分配应许之地时释迦牟尼其实一点儿也没有偏心。那些交付给傣族乃至阿卡人的长满稗子的土地,后来孕育出来的东方稻作文明,对人类的贡献甚至远大于茶叶文明。所谓"稗子"乃是目前世界上硕果仅存的原生稻,化石级的稻谷。肥沃丰饶的勐往坝子经历了长期的精耕细作,"稗子"显然已经很少见了,可在勐往一个名叫"野谷塘"的地方,却有着一个面积3000亩的国家级"勐往野生稻保护区",密林中、湿地里、山坡上,到处生长着药用野生稻和疣粒野生稻,其崇高的科学价值、人文地位和生态人类学意义,使之一直是相关领域内无数学者心目中的圣地。简化来说,当河姆渡、良渚、屈家岭、石峡和龙山等古老的稻作遗址,只能通过显微镜从炭化米中去寻找野生稻的DNA,

并以遗传学的方法论去鉴别稻谷细胞质内叶绿体的遗传因子DNA的酶切片中籼稻和粳稻之间的差异，进而继续向时间的上游去搜索两种稻物的祖先时，在西双版纳的照叶林中，在勐往的鱼塘边上，经历了无数次进化与杂交的稻谷的祖先们，还在以最古老的血统生生不息地繁衍着，每一根幼苗破土，天生就拥有着祖先的身份。

稻作起源学，20世纪60年代，日本稻作研究家渡部忠世根据野生稻的分布，水稻的原始品种和籼稻、粳稻的分化、演变，糯稻栽培圈和原始农耕圈的关系，推论出"籼稻和粳稻以及其他种类的稻米都起源于阿萨姆—云南地带"。他认为稻作由此向长江中下游传播，最后传到日本。往南经红河、湄公河和萨尔温江河谷传至东南亚；往西经布拉马普特河传到印度。其学说与佐佐木高明的"照叶树林文化论"互相映照，成为当时日本文化寻根热潮中的显学，云南特别是西双版纳一带也因此成了日本众多文化学者魂牵梦萦的文化源头。为了确认野生稻的种类及其分布，观察其变种，并了解自古以来栽培稻品种的性质，1982年11月上旬，佐佐木高明、渡部忠世、藤井知昭、田边繁治、矢泽进、高桥彻和周达生等人前往西双版纳进行了短期的田野调查。因各种因素的限制，他们一行只能在景洪周边地区进行实地调查，但还是在南糯山半坡村和景洪曼广龙村的山坡上、路边上、水路中和水田里发现了疣状野生稻和普通野生稻的身影,还在南糯山一户僾尼人家的粮仓中发现了水旱未分化的冷山谷稻种。由此,渡部忠世更加坚信了自己学说的正确性,并在南方丝绸之路、茶马之路、海上陶瓷之路等东亚文明走廊概念之外,提出了"稻米之路"这一概念。当然,也就是在他们为继续夯实"稻米起源于阿萨姆—云南地带"学说基础而奔走的同时,他们的学说被中国学者严文明和王在德,乃至日本学者佐藤洋一郎和藤原宏志等人的研究成果推翻了。同样是1982年,《农业考古》杂志发表了严文明教授的《中国稻作农业的起源》一文,他认为稻作文明的源头是河姆渡,并且不可置疑。其他中日学者均以河姆渡稻作遗址的诸多研究作为佐证,一场公案渐渐归于平息。人们也又一次趋同于稻作文明由长江中下游反向传播和向四周传播的观点,而视西双版纳的原生稻为活化石,并非文明之源。

汽车在勐往坝子无边无际的甘蔗林中行驶,与勐往农经站负责人李金平聊天时,我提到了一个观点:当河姆渡稻作文明找不到鲜活的野生稻标本作为古老文明的塔基,远在天边的勐往野谷塘却藏匿着众多的文明的母体。这说明了几个问题:一是这天边的土地仍然如岩迈所言,处于创世之初庄严的模样,文明的大江大河还没有彻底毁灭它们的源头;二是当延伸至极端乃至迷失的文明,必须前往勐往这样的地方来寻找自己的魂魄时,也许我们只能用释迦牟尼来应对一切;三是勐往乃至整个雨林地区在错失诸多文明的发展机遇之后,如果又一轮文明的崛起需要付出犁庭扫穴的代价,我们能否守住这神赐的乐土并又能与时间同步?

汽车驶离平坝,开始沿盘山路奔向云朵。车窗外昔日生长茶树的山丘,被一片片橡胶林所取代。富有戏剧性的是,几年来国际国内橡胶市场价格雪崩,众多的橡胶林主人割胶之时,树身上流出的是自己白色的血液,而茶叶价格却鬼使神差般一路走高,古树的、环保的普洱茶成为人们日常生活中的绿叶经。

四

一辆运载钢筋的卡车开上山来,其沉重、猛烈的引擎声,在午后曼糯大寨的乡村公路上就像饿虎的咆哮。山西诗人石头、岩迈和我等一行人,受不了它在身后的追随,索性走上一条分岔的草径,躬腰朝着山里行去。除了芭蕉和少部分乔木还泛着绿色,山坡上已是枯草和灰色玉米叶的王国。古茶树没有想象中那么状如密林,它们身上长着苔藓和石斛,零零星星地散布在向阳的洼地或斜坡上。香樟、榉木、栗树穿插其间,感觉就是盘腿而坐的罗汉群里多出来了一些站立的道士。

山上是清静的,就我们几个人。坡地上那些人们留下的痕迹，石砌的沟沿，树干上的刀口，人工挖出的无用的大土坑，丢弃的矿泉水瓶……也是清静的，其突兀的本质已经融入河山变异的人类的单向运动之中。荒芜，孤悬，处女地，乌托邦换身为异托邦，异托邦又沉沦为习以为常的人人得而诛之的热土。无论你有着怎样的出世之姿，有着怎样的铁石心肠，你都很难无视人们对一片片净土的剥皮抽筋和毫无节制的榨取。所以，当你发现那轻微的人与山峰之间的擦痕，人因为劳作的艰辛而对土地报以的一出出小小的恶作剧，你肯定不会站在河山雄阔的立场上对人们进行偏执的审判。一切都是清静的，当我们坐在枯草丛里眺望勐往平坝上待收的甘蔗林、反光的池塘与房顶、乡村公路上飞奔的车辆时，进入眼帘的万事万物也是清静的。包括头顶上的云朵，耳畔与芭蕉叶上若有若无的风，烈日与流水，洞穴与高丘。

我曾经到过北方、江南和沿海地区不少的小镇。在这些小镇所印制的地方性文字读物中，无一例外地会列数它们史上文治武功的风流人物、风云际会的史诗性舞台和笔墨反复点染的自然奇观，目的均是为了将一个小地方扩充为时间的故宫或重现小镇往昔一瞬即逝的某个神迹。自满与自傲的文字中间有肃穆、庄严的精神史，但往往也尘土飞扬，处处结了蛛网，腐朽的气息迷雾一样弥漫着、升腾着，对应着现实世界中无处不在的平庸与低俗。在使用文字的过程中，人们一方面破旧立新，敢于与天斗与地斗，孔庙遗址上建宾馆，祖坟之地修社区；另一方面又拒绝赞美这一切海市蜃楼般的物质天堂，频频地转过身去，让灵魂回归农耕文明时代的不复存在的古老家园。热爱的，就是鄙视的；拆除的，就是珍怜的。人们置身于一座座自己与自己决斗的广场上、深渊里。但是，无论那些文字如何的虚拟与粉饰，人们记忆中那一个个天堂里的小镇，作为历史中枢的小镇，再也不可能因为仿古建筑业的勃兴而恍兮惚兮地拔地而起。拆除即终止，倒塌即消失，因为人们早已魂不附体，所作所为皆是灾难性的梦游与自焚。

顺着岩迈指示的方位，在阳光与云朵交织的景象中，我和石头隐隐约约地看见了曼糯山中和山外三条闪光的河流。曼糯山与澜沧山之间的那条名叫"南点河"，释迦牟尼用手杖疏通的河流；坝区里那条名叫"南往河"，释迦牟尼种满稗子的河流；我们正在前往的、已经听得见水声的这条名叫"南叫河"，最宝贵的水，是从释迦牟尼脚趾间流出来的河流。小说家苏童在一次论坛上说我是"狂热的地方主义者"，我欣然接受了这一对我的戏谑性的角色定位，尤其是此时此刻，当我置身在这样的三条河流之间，感觉自己进入了那四条河流护卫的天堂。南无阿弥陀佛。岩迈不需要撕裂自身就安身立命于现在与过去融通的茶树林中。南无阿弥陀佛。我和石头不需要去陈述性的文字中间寻找镇静剂，就可以看见未来的时空里已经高悬着无数诱人的发光体。

我们气喘如牛,要去拜访的就是南叫河。它在一条整体山脉突然凹陷进而形成的幽森的山峡中。山峡两边的坡地像一本静谧的翻开的经卷,朝南的页面上耸立着巨石,一棵棵麻栗树、大青树伸着曲曲弯弯的苍老枝条;朝北的页面则已改造成台地,秋收之后,稼穑退隐,杂草和长着白穗的山茅草显示着土地未经改造前的面貌。河面的闪光点断断续续,大部分的空间被山茅草、构树和藤蔓所遮掩。那偶然形成的小瀑布,远远望去,像谁家娇野的媳妇在山涧中洗衣晾晒在岩石上的被单或白裙。我们看见了河流,可这一箭之远的距离,在沟壑间上下起伏,行走起来是如此的遥远,甚至多次偏离了方向。这正如曼糯山上原来信仰原始宗教的布朗人,当他们的祖先在天地之间塑造出了80多个鬼神并虔心敬拜之时,南传上座部佛教却给他们的祖先带来了让鬼神遁迹的另外的光,而他们的祖先也欣然地接受了这"文明的宗教"。自明朝中后期开始建庙、赕佛,把本来由原生诸神和众鬼掌管的万物心悦诚服地敬献给释迦牟尼,痴迷地朝着光源处匍匐行进,历经了数百年的往生、超度与再生,他们的祖先以及他们以为自己就此生老病死在了人类梦想的终极之处,生命永远隶属于通往释迦牟尼的那一条小径。然而,那一场文化浩劫并没有漏掉这片山野,寺庙被拆毁了,老佛爷还俗了,菩萨被扔到了密林的深处,很长一段时间他们徘徊在通往寺庙的那一条条小径上。是继续向推倒的菩萨垂首,还是将统称为"代袜么·代袜那"的山神、水神、棉神、火神、寨神、木神、鬼神、谷神、保护神、天神、猎神、船神和路神等众善之神一一请回？1995年,有几个人从四川和贵州来到了曼糯山上,带来了即将洪水滔天的世界末日的噩讯,也带来了耶稣将派直升机来将人们接到天堂去的喜讯。当时曼糯大寨90户左右的人家却在徘徊之中抽身相信了噩讯与喜讯,因为有"兄弟姐妹"帮忙干活,人们将所有的家畜、农具和粮食都卖了,加入了世界末日前的狂欢并静候着蓝色天空里飞来一只只天堂鸟……

直升机并没有从天而降,上帝在这种以其之名而展开的带有迷信与幻觉色彩的宗教行动面前始终保持了沉默。所以,随着那几位"传教士"作鸟兽散,像做了一场美梦,人们醒来之后,第一眼,看见的仍然是环绕山峰的三条河流和释迦牟尼应许他们的一片片茶园。

五

去南叫河的路上,长期在五台山一带行吟的石头,按照其惯于独行的秉性,在距河流所在山峡一公路处的岔路口停了下来，四面望望，选择了刺藜交错的那条草径，一个人循着清冷的水声，消失在了几棵泡桐树的后面。岩迈虽然祖上是"龙头"，世袭似的做了村民小组长，可他的汉语远没有我想象中那么流利，与我在山道上做喘息式的交流，越发显得费劲、艰涩，所以，他尽可能地回避我的诸多提问。当我们来到相对宽敞、没有沟壑和树木遮蔽的山峡的边坡上，他的脚步哐啷哐啷地有力，朝着河流就是一阵向下的奔跑。而我只需望着他的背影行走，不再次迷路就可以了。

距河流近了，山上的一条条小径逐渐汇聚到一起，形成一条脚印重叠、路幅加宽、路面结实光滑的道路。道路两边，开垦出来的耕地上种着油菜和荞麦，在油菜与荞麦的中央，偶尔会有小屋那么大的巨石，而每一块巨石旁，也照例会有用木棍支起来的祭台，一个个盛祭品的竹篓因为祭日未至而空着，只有竹竿上悬着的黄色经旗在微风里轻轻拂动着。不难理解，在信奉南传上座部佛教的同时，其实布朗人仍然没有彻底丢开万物有灵的宗教观，繁杂的有着具体指向的俗务促使他们一直有求或感恩于原始宗教中掌管具体事务的众多鬼神。比如住在石头里的山神可以让这片荞麦丰收；比如木神可以让树木笔直地生长，使之成为房屋的栋梁；而水神负责灌溉又得祈求它千万别将整条河流带到一片有限的耕地上来。

南叫河上，人们用几根圆木和几十片木板搭建了一座桥。

河是一条小河，从山峡里的石砾与灰泥间流淌下来，水并不清澈，其平稳的河床上淤泥冻结了碎石，呈灰白状。岩迈沿着朝南的页面继续攀登，我站在桥上10多分钟，无所思，亦无所想，只觉得它与南糯山、布朗山和勐宋山众多的溪流并没有什么不同，甚至难以与那些落满鲜花的溪流相提并论了。不过，这说的当然只是外象，当一条河流通往神灵，来自释迦牟尼的脚趾间，它即使流淌着肉眼里的滚滚浊流，必然也会汇聚成甘甜的牛奶海。之后，我扒开河岸上已呈败象的山茅草、枯藤，踏着泥泞，走到河边并蹲了下来，用手掠水，本想洗洗脸上的汗渍，一转念，又没洗。这也才发现，南叫水的水其实是清澈的，无尘的，我所看见的灰白色，不是来自水本身，而是来自河床的淤泥与石砾。

在一块有三层楼高的巨石下，我赶上了岩迈。在旁边的一块石头上坐下，我用衣角擦着汗水，见他把鞋子脱下，放到草丛里，赤着脚就去到了巨石下方。巨石所在处是一个有着50度左右的斜坡，四周全是几百年上千年的榕树，它们撑开的古老树冠互相组合在一起，将天空隔在了更高之处。因此，巨石显得阴暗，裹在一层厚厚的苔藓内，有几束偶然透过树荫的阳光照射其上，倒像是它自身有着几个灯孔，向外喷射出几根光柱。我一点儿也不觉得突然，赤着脚的岩迈，一脸虔诚，闭目，合掌，在巨石下跪倒，头颅垂入草丛，口里似乎还念诵着什么。时间持续了10分钟左右,他站起身来,这才招呼我脱鞋走过去。巨石的下面有一口水井,他一边用竹瓢舀水,一边说,这口井里的水永远保持在同一个水位,谁也舀不完。他没有明确告诉我那是南叫河的源头,但我认定了那是源头。

我们沿着巨石旁边的一条小径朝上爬,先是见旁边的树林里建有一座亭子,里面摆着各种祭品,一条长幡似的布旗之上贴着南传上座部佛教中一尊尊菩萨的画像。爬至巨石之巅,阳光不再受蔽于树荫,猛然地照射下来,犹如天空里流来了一条黄金之河。我的心脏迅速地怦怦怦地跳动起来,喜悦如电流纵贯全身。是的,巨石顶上立着一座小型的金塔,在阳光里金光闪闪。金塔的旁边,铁一般坚硬的石面上,有着一个惟妙惟肖的脚印。

06

西定巴达：佛陀的茶园

一

故事流传到现在，人们已经忘记了故事的主人公是谁，只说是一位头人。日本兵从缅甸冲杀过来的时候，他率领西定和巴达几千个布朗和哈尼的好儿郎，渡过南腊河，加入了那场"天上下血"的血战。

日本作家远藤周作在其小说《深河》中，对中日军队在缅作战有过令人窒息的描述，绝望、逃亡、寻死、烤食信纸包着的人肉。时任滇缅公路管理局局长的谭培英所著的《血线》一书中也说过，作战的两军都杀红了眼，人都变成了鬼，鬼又以人的身体去肉搏，所以那一场"每一片树叶上都有至少三个弹洞"的战争，其实就是一群厉鬼与另一群厉鬼在杀戮。我以为类似的文字已经将这场战争中的杀人现场写到了极致，可这西定和巴达山中的故事又提供了另外一个版本：几千子弟兵一个不剩地战死在缅甸勐养和景栋之后，那位伟大的头人，浑身的弹洞向外流淌着热血，踉踉跄跄地返回故乡。他知道山中已经没有一个年轻的战士，便去找到耄耋之年的祭司，请求祭司将满山的亡灵召集起来，组建了一支抗日阴兵队，二渡南腊河，与日军展开了一场场看不见的或说单向的战斗。那些"死去了的人",他们的仇恨与战斗力,至少是活人的两倍,手起刀落,日本兵毫无反应,头颅便像椰子或木瓜一样落了一地。待日本军队知道他们遇上了阴兵,所有的大炮对着空气歇斯底里地猛轰。对手隐形,死亡无兆,这仗打到最后,人们看见,缅甸的土地上,几乎所有的日本兵都在一刻不停地向身体的四周疯狂地挥舞着战刀,而阴兵也就不再动手,白鹇鸟一样悠闲地坐在树冠上,看着日本兵一一累死在沙场。

战争已经过去70多年,但以缅甸乃至泰国为背景的故事,在这70多年的时间内一直没有中断过。"咚,咚,咚……"每天清晨6点,当隐修于章朗村白塔的73岁的大佛爷都当敲响钟声,召唤人们起床,曾经去缅甸和泰国谋生多年的村民小组组长岩布兴总是从床上迅速地弹起,稍事洗漱,出了门,便消失在白雾茫茫的茶山之中。30亩古茶园、20亩1973年种植的新茶园对他来说,随着普洱茶的起死回生,已经成功抵消了他前往异国他乡去拼命求生的财富梦想。白象寺环寺走廊的墙壁上画满了有关佛教故事的壁画,都当的徒弟,大佛爷都应正在寺庙与僧舍之间的空地上,用金粉把青砖粉涂为金砖。我和岩布兴在走廊上边走边聊,他说:"我只想精心照料好这50亩茶园了,佛经里说,树上会结出金叶子,说的应该就是茶树。如果这金叶子不再变成普通的树叶,什么缅甸、泰国,我才不愿意再到别人的土地上偷偷摸摸地挣取血汗钱……"

白象寺是章朗的总佛寺，在其东大门旁边的一块大理石碑上刻有题为《西定章朗白象塔、白象寺的由来和传说》的碑文：

传说，在1365年前，佛祖释迦牟尼派弟子玛哈洪、牙南坎平乘白象周游世界传经（三藏十二部贝叶经）。当他们来到缅甸景栋一个叫"庄董"的地方时，豁然发现这里风景如画、气候宜人，可谓人间仙境。牙南坎平被这里的风景迷住了，再也迈不开归家的脚步。于是他想，反正自己年事已高，回去后将不久于人世，倒不如在这里享几年晚福，再则也可以在这一带传授经文，一举两得未必不是一件好事。于是两人合计后，牙南坎平便留在了缅甸景栋，而玛哈洪则独自赶着大象踏上了征程。玛哈洪日夜兼程，跋山涉水，历尽千辛万苦，克服重重困难，终于在一个烈日炎炎的中午踏进了"嗯巩跺多"（现章朗所在地）的山。

这一天，天气异常炎热，加之路陡坡急，几天的长途跋涉，直累得玛哈洪和大象气喘吁吁，口冒火烟。当行进到"垒座掌"时，大象趴在地上一动不动了，玛哈洪顿时傻了眼，心急如焚，（心想）难道与自己相依为命的大象就将这样死去了吗?情急中,玛哈洪的脑海中忽然闪现了菩萨的身影,他赶紧盘腿打坐,双手合十,嘴里念念有词地诵经念佛,祈求菩萨保佑人象平安。不一会儿,大象骤然站了起来,并使劲不停地在它趴过的地方(用脚)猛刨。一会儿工夫,只见一脉清凉的水喷涌而出(这里后来被当地居民称为"大象井"),于是玛哈洪和大象喝了个够,又洗了澡后,继续行路。当地群众称水井为"那么着章",即"大象井"。这口井一年四季永不干枯,现所在位置距离白象塔约3公里。

但是,来到"嗯巩踩多"山(现章朗佛寺所在地)时,大象再次坐卧不起,还一个劲地头点地,好像在说什么。玛哈洪见状,立刻领悟,他认为这是佛的旨意,必须得在这里建座佛寺、立寨子。他还嫌户稀人少,又赶去"嗯巩木克"(地名)动员"浓波"(章朗寨的先民)人也搬来共同建寨立佛。征得大家的一致同意后,于是建起了一个全新的寨子,并取名为"章朗"(大象停坐的地方),并推举板拥人为"召曼"(头人)管理本寨事务,推举"浓波"人为"召坚"(官职)管理章朗这片土地。从那时起,章朗寨的先民经过近1400年的繁衍生息,就形成了今天的章朗村。

当年,玛哈洪所乘白象在进山觅食时,在一块石头上滑了一跤，被它踩滑的那块石头上留下了几道深深的趾印，故名象滑石。如今，这些痕迹仍依稀可辨，当地居民以它为圣石，年年作礼朝拜。

村庄史和寺庙的源头都是传说，一如头人统率山中的亡灵赴缅作战，在需要铁证方能支撑起来的物化世界里，这仿佛医生在处方笺上向病人提供梦境、祷辞和幻觉，绝大多数的病人不可能从中获得康复的机会，但其弃绝俗尘、将冰冷世界转化为传说世界的精神取向与方法论，足以超度那些布满弹洞的灵魂，使之活命，在俗世之间又拥有着一个自由的天国。

二

佛海空深，但寺庙是有劫数的。

玛哈洪创建白象寺，以为建起来的必是形神兼备的另一座须弥山，而其也果然历经千年的光阴和布朗子孙的崇信，梵音不绝，宝相庄严，蔚为奇观。然而，50多年前，那场焚毁十方的烈火并没有漏掉这天地间最为僻远的角落，"嗯巩跺多"山上，金碧辉煌的圣殿瞬间就变成了废墟。佛爷与和尚被遣散，20岁左右的都当不想还俗，托钵于手，一袭袈裟，在一条条纵谷、丘峰和人迹稀少的密林中奔波数日，这才过了南腊河，问佛于缅甸勐养与景栋的一座座寺庙，最终落脚于庄董寺。当然，都当南渡的线路从来就是一条不能留下脚印的古道，祖先，祖先的祖先，无数的人在走投无路时都曾踏上这条道路，"穷走夷方急走厂"，前往东南亚诸国去冒险求生。即便是都当出走之后的许多年，迫于生计，在众多的农民进城务工、前往江南和东南沿海的大潮背景下，章朗村的岩布兴这一代人，多数选择的也是前往缅甸和泰国。距章朗不远的另一个寨子名叫曼迈兑，67岁的老支书岩书图告诉我，从1958年吃"大锅饭"开始，寨子里分批分批地出去了很多人，至20世纪90年代初期还有300多个年轻人去泰国或缅甸当花工，去造纸厂、电子厂当工人。这些出走的人，在泰国清迈建起了有近百户人家的村庄，在缅甸景栋也建起了分别有30户人家的3个村庄。他们在国外繁衍生息，曼迈兑的布朗人已经发展到2000多人，其中有50户左右入了泰国籍，有人当兵，有人做了法官。让人高兴的是，20世纪90年代出去的这一拨年轻人，最近10年陆续归来了，只剩下了老人和孩子的寨子又能看见小伙子、年轻的姑娘和媳妇忙碌的身影了。通过自己的劳作，他们在寨心的四周建起了一座座西式与布朗族建筑风格相结合的小洋楼。他们为什么回返？因为茶叶，与岩布兴一样。

人们因为茶叶重归故土。1984年，34岁的大佛爷都当从缅甸动身,山一程,水一程,行走的路线就是玛哈洪骑象而行的路线,自然也是抗战阴兵往返的路线,但他没有玛哈洪前往未知之域时所怀有的传法使命,也没阴兵凯旋时人们的肉眼看不见的狂喜。国家的宗教政策改变了,回章朗,他只想借众多赕佛者的功德,在"嗯巩跺多"山的废墟上,尽快恢复重建白象寺,让山水之间的信徒与众生重获一个礼佛的道场。现在,这座寺庙,因为有了30年左右的佛光惠泽与信众供养,已经看不出恢复重建的痕迹,仿佛它原本就是玛哈洪创建的那一座。东面和北面的山坡上古木森森,南面与西面靠近寨子,也都有巨云般的榕树与凤尾竹拱卫,西南那道从洼地里的寨子中沿着斜坡升上来的石梯,既有鲜花簇拥而营造出来的喜乐气氛,也有着从红尘前往圣洁之地必有的肃穆与庄严。大殿安宁,旁边的屋舍中不时闪过小和尚穿着绛红色袈裟的身影。走廊外的一张木桌上,一个10岁左右的小和尚眉目如画,正潜心做着学校布置的作业,我低头去看,他掠起袈裟盖住了作业本,但我还是抢先看见他做的是数学作业。不是礼佛的时间,也非"考瓦沙"和"奥瓦沙"这样的重大宗教节日,寺中没有他人,一切都属于佛陀……我赤足行走其间,偶尔会踏入庙檐间照射下来的块状的阳光之中,它们炽热而又安详。再往寺外的空地上看过去,阳光愈发金黄、灿烂,无数个瞬间我都深感那传说中的过去并没有中断过,阳光也不是来自天上,而是从这寺庙所在的地下源源不断地涌出。仿佛这儿就是人世的尽头,我们最后的安息之所。可在岩布兴看来,现实里的极乐之壤,尽管它是光的源头,但其慈航之旅一直有赖于大佛爷都当在俗世里的奔波与法行。

时间抹平了毁损与重建之间的沟壑。然而,在1984年开始恢复重建白象寺的多年时间内,由于宗教机构出资和民众赕佛产生的经费存在一定的缺口,都当又曾4次前往缅甸、泰国去化缘,而且化缘的对象主要就是外出打工的同胞。我对化缘这门功课一无所知,在东亚目睹过的清晨的托钵僧,他们身着鲜艳的袈裟,沿街逶迤而来,华美,温暖,我觉得那仿佛是佛陀的使者出巡。在游历江南古刹时,亦曾结识过一个年轻的和尚,自述其曾在云南南方雨林中做过托钵僧,猜测他的目的,琢磨他的言语,似乎他也只是把做托钵僧的经历作为修行和遁离的一课。都当的化缘与上面两例存在着明显的区别,他踏上的是异国之土,化缘的目标人群意味着偷渡、隐姓埋名、游离不定和一贫如洗,而且其目的不仅仅只是为了果腹,他是让同胞或信众将本来就非常微薄的血汗钱分出一部分来交付给他,由他去达成善的功果……美国小说家本·方登写出过这样一个句子:"善的力量总是关乎我们无法企及的东西,而邪恶则是纯粹的,它只为自己服务。"所幸的是,都当的4次域外化缘,收受到10万善款,并入其他款项,使之阶段性地迸发出了善的力量并企及了善。与此同时,因为他的回归,与岩布兴同龄的一批孩子得以入寺习佛,经过他10多年的接引与培养,其中之一的都应还成了大佛爷。1999年,都当见白象寺已经步入法轨,便移身另一个遭到毁损的道场遗址——白塔,一边致力于恢复重建,一边静修,白象寺就交由年轻的大佛爷都应管理。

从白象寺出来,由西面的石梯下到一个鞍形的山坳中。几百户人家的竹楼和新建的房舍鳞次栉比,早已不是玛哈洪建庙时"户稀人少"的旧象,一座"布朗族文化陈列馆"及其旁边那个时尚的民宿客栈,诚实而又微妙地将章朗村的时代性开显出来。布朗族文化陈列馆的大门两边,是两排相对低矮的房屋,门都敞开着,无人,我走了进去,但见屋子里堆满了压制普洱茶的晒青毛茶,杀青、揉茶、压茶所需的设备一应俱全。那茶台上烧水的壶噗噗冒着热气,石瓢紫砂壶的盖子也是取下来放在一边的,壶里的茶叶似乎也只泡了两三泡,正是滋味化汤之时,不知道主人因了何事而离开。我一时起兴,当然也深知山寨之中有着淳朴、好客的民风,人们不会在意我的冒失,就一屁股坐到了茶台前,上水,起汤,惬意地牛饮起来。章朗之茶,制作时条索紧结,蕴香存甜,入水后汤色黄绿亮洁,滋味醇和,香气高扬,回甘快而持久。这一泡壶中茶,无疑是章朗茶中上品,除了具有章朗茶的共性而外,其清香与甘甜极其饱和、细腻，饮之如甘露。谢谢这不知何人的茶主，几杯入腹后，出了门，迎着茶林中吹过来的金色的风，我朝着白塔所在的山冈走去。途中遇到了几位山上归来的布朗族妇女，她们的衣服上染着红色的泥土和绿色的草汁，背篓里有的装着芭蕉心，有的装着不同的几种野菜——象耳朵叶、野姜、滴水芋。

三

曼迈兑的缅寺坐落在寨子西面山坡的一块平地上，规模比章朗的白象寺小一些，而且开门节后，大佛爷去了其他寨子，寺里的几个小和尚也不见人影。寺前的空地上，落叶与落花混杂着铺开，中间的几堆细沙，前几天还是人们堆塑的几头大象，一场夜雨，又让它们重新变成了细沙。那些曾经用来装饰大象的花朵或浮在沙面上，或被沙粒遮压了一半的花瓣，还有一些被沙彻底地埋了，非我目力能见。寺庙的大门正对着寨子，站在那儿，居高临下，整个由东向西布局的近200户人家的寨子便可尽收眼底。这座寺庙当然也是恢复重建的，而且是3座被毁的寺庙中唯一得到恢复的。忆及早年的寺庙，老支书岩书图用手指了指现在的大殿，不无失落地轻声说道："那3座寺庙，白云和树木都快遮不住了，规模和气象不是它能比拟的。而且那时候的大佛爷多的时候有30个左右，少的时候也有20个，小和尚也总是有60个左右……"在他言及白云之时，天空里的白云，无论是从缅甸飞来的，还是从其他三个方向飞来的，都像无数场正在发生而又戛然而止的雪崩，在蔚蓝色天空与黛青色的群山之间，另起一座座雪山，疏密有致地翔行在曼迈兑大寨的领空。寨子尽头修起不久的足球场上，站满了从天而降的白老虎、白狮子、白象、白马和白牛。有几户房屋建在高冈上的人家，其深蓝色的屋顶上，有白色的羊群在孤岛上伫立，似乎正在寻找着青草和溪流。

从曼迈兑出发，沿1979年修通2015年改建为水泥路的乡村公路，去西定乡政府有40多公里，反向走山路去缅甸勐养则只有17公里的路程，曼迈兑可以说是名副其实的天尽头了。在莽莽苍苍的群山与遮天蔽日的丛林中，乍然出现这么一个人烟稠密的寨子，我们的习惯性思维一直在促使我们把它视为欧洲式的古堡、拉丁美洲式的孤独小镇、非洲式的迷幻之城，亦可视其为大地上突然冒出来的财富城邦的交易大厅、谈判室和会计所。事实上，曼迈兑正是一个它们的综合体，历史上它曾是布朗族土司岩腊老五的驻地，民国年间便开办汉语学校，既是周边布朗族人社会文化的心脏，又开边地崇信汉文化的风气之先。在茶叶种植方面，始建于1938年的勐海茶厂到西定巴达茶区开辟茶园基地，其3个茶园就在曼迈兑，茶叶科学的培育技术和制作工艺也是早早地就送抵这儿。唯其如此，整个曼迈兑村委会有3600多亩古茶园和7000亩新茶园，其中的古茶园，在1985年前后，因为当时追求茶叶产量而进行了矮化，有1000多亩大茶树在此潮流中被砍伐了作为烧柴。岩书图说："哈哈，当时我带头把自家的大茶树矮化了，一些勤快人家也跟着矮化，有了大堆大堆的烧柴，很多老百姓可高兴了。想不到那些没有将茶树进行矮化的人家，现在发财了……"古茶园、矮化茶园和新茶园，曼迈兑的茶叶产量每年有60吨左右，价格自2006年开始一直保持在500元至800元一公斤的水准上。之所以没有受到外部市场价格剧烈浮动的影响，岩书图总结了几个原因：一是茶叶价格的上升，把前往缅甸和泰国打工的几百个年轻人吸引回来了，他们深知谋生的艰难，视茶如命，精心呵护；二是布朗人种茶历史悠久，制茶工艺精湛，而且笃信曼迈兑就是佛祖的茶园，制作好茶就是礼佛的善举；三是曼迈兑的人一直视"曼迈兑茶"品牌为自己安身立命的根本，从不滥用化肥与农药，互相监督，只做优异的生态茶；四是不准掺假，组织巡逻队，不准其他地方的茶叶流入。有一个例子，2007年春，一户茶农打电话让另外茶山的亲戚用摩托运来了30公斤茶，想以曼迈兑茶进行销售，查获之后，不仅按村规民约进行烧毁，而且还让其进行了检讨。有了这4条，岩书图认为："我们的茶，虽然没有老班章之类的茶叶有名、有天价，但我们希望通过自我管束，不断提高茶叶质量，让曼迈兑的茶叶长久地拥有忠实的消费者。"

现实世界里的孤悬之地，它是群山的心脏和在野文明交会的风暴眼。当我从缅寺出来，沿着村庄里的水泥路，进入神灵守护的寨门，路过每年3月必须祭拜以求消除劫灾的寨心，在那口绘制着神鸟图腾的水井边徘徊良久，与有着几个床位的卫生室的医生闲聊，到土司岩腊老五的后人的竹楼上坐了一会儿，最终来到寨东2000年修建起来的足球场上，我发现自己置身在朵朵白云之间。更为奇妙的感受是，这短短的行程，意味着从佛陀的身边，去到了更为古老的神灵身边，土司，医生，日落之前骑着摩托返回寨子的大佛爷，小型超市，站在路边穿着西服用手机通话的青年，沉默的穿民服的老年妇女，见了我一直躲躲闪闪地跟在我身后嬉戏的几个孩子，拖拉机，汽车，正在修建的新楼，外来的包工头……他们给我提供的信息，是如此密集、庞杂，时间与空间总是在任何一个局部打乱过去、现在和未来的本体结构，错置、混搭、平行、颠倒，有违于现实却又在自成体系的格局中，如一条裹挟了泥沙、落叶、花草和流水本身的滚滚向前的河流。想象中，假如祭拜寨心时那祛送灾病恶灵的人们与大佛爷在小路上面对面地撞上，我想象不出谁给谁让路，而大佛爷会不会认为因为撞上了送灾的人，灾害就会附上自己的身体？记得有一次，我投宿于景洪澜沧江边的一个客栈，出生于曼迈兑的作家，也就是岩腊老五的孙子岩坎翁带着酒水和烤肉前来看我。我们坐在客房的地板上痛饮至午夜，在他有了一点酒意时，突然告诉我，房间里有几只鬼，便开始闭目、念咒……任何一个人都没有分裂成三个人，他们相反动用了三种力量来支撑一个人，从而让自己得以坦然地存活在真正怪力乱神的人世间。所以，每天黄昏，老人和年轻人组成不同级别的足球队，在此对垒，赢了的球队可以获得一箱啤酒，他们也才会快活得像神仙一样，觉得世界已经把所有的恩惠和欢乐送给了自己。

四

"章朗"是傣语地名，意为"冻僵了的大象"。这头大象，就是玛哈洪托运经书的那一头。为什么会被冻僵了？白象寺的碑文中，说的是白象到此便坐卧不起，向玛哈洪传递在此建寺的神旨，一如泰国清迈双龙寺传说中的那头身负佛祖舍利子寻找供奉之地的大象。冻僵之说，可能意味着另有一则启智的故事存于山中史册，在此不去探究了。但当我沿着通往山顶的石台阶，来到都当大佛爷恢复重建并隐修的白塔前，脱了鞋，赤足走向他的时候，我的双足迈动于冰冷的石板、瓷砖或水泥平面，确有瞬间被冻僵了的感受。只是这种冻僵，与1999年冬天我第一次来到巴达山茶区，借宿在勐海茶厂巴达收购站的库房里，所经历的一阵又一阵大风穿窗而入带来的冻僵有着本质上的差异。都当着袈裟，精神矍铄但又一脸清寂，赤着双足，一动不动地站在僧舍的屋檐下。同行的岩布兴和布朗族民俗专家黄秀芳大姐与他打招呼，他只是淡然一笑，不作应答，也没有待茶的意思，继续静立在那儿，让人觉得我们的来访是多余的，不用搭理的。他立定之貌，与僧舍上方菩提树和花枝丛里耸立着的金色之塔，在我的视野内存在着一种落差却又完美地契合为一体。没有塔，他就会形同野寺里的隐修者；没有了他，塔即塔身或灵衹，仿佛山野之间布朗人只在祭祀时启用的金塔。他与塔同在，我们方能从塔身里看见他，又从他身上找到塔。1999年离开白象寺至此，都当再不过问寨子里的尘间事，利用宗教机构和企业捐献的善款及老百姓赕佛的功德，20年时间，终于又在这废弃的道场上让众神归位。他与塔已经合二为一了。

我们在塔基下面的院坝上坐下来，聊着缅甸和去缅甸的人们的故事，也聊些有关普洱茶界或正或邪的案例。几棵白塔旁边的菩提树，几乎所有的叶片边缘都变得焦黄了，可三分之二的叶片仍然是翠绿色的，它们处在阳光与白塔的金光之间，多少有些沧桑之感但又没有丧失由内向外生发出来的活力。你分明知道这些叶片必然会在新旧交替时纷纷飘落,而且地上已经落了许多,但你看不到一张叶片摇摇欲坠,甚至觉得即使新叶哗哗啦啦地生长出来了,还会认定那新叶一定是它们的另一副形体,它们是不会飘落的,永远都将在枯黄与嫩黄之间自行变替,不露一丝痕迹。都当在此期间,先是转身进屋,自己动手做午饭并很快食用完毕。他绛红色的袈裟从光线极暗的屋子里闪现出来时,我们看见他面部的表情仍然没有什么变化,但曾经笔直的身板明显松弛下来了,坐到屋檐下的椅子上,目光淡淡地看着我们。趁此机会,我才又一次脱了鞋,移身至他旁边的一条木凳上。我猜测自己移动的身形,于他而言,无论是一张桌子或一棵树,还是一只老虎或一头牛,他都不会惊愕,无非是空空如也的身边多出了一个呼吸着的、说着汉话的活物。而且在中午打坐开始之前,他也不反对有一个人与其交谈,尽管交谈中的每一个话题也许他都陈述过了无数次,记忆中而非贝叶经上一个老僧的经历,有着血与火、驱逐与苦守、反哺与化念,可都搅动不了他内心汪洋里的波澜。谈只是谈,回应只是回应,一个个说出的事件与其早已没有关系。所以,在半个小时左右的交流中,我的问询与他的回应之间常常没有因果和逻辑关系,白象寺、白塔和众多的弟子,我想得到他们与他结下法缘的实证,得到的信息其实还没有从岩布兴那儿得到的更多一些。在旁观者眼里清晰、落实的事物,在他那儿已经虚化了，不再是人们眼里可见的白塔或菩提树叶，更非俗世里的功德。我偏执地问及一个著名的"慈善家"曾在白塔前的许愿，他倒是还记得这个惊天动地前来礼佛的人，但他无心忆及，他已经远离了三垢，脸上露出的笑容像塔尖上的阳光一样明亮。白塔都已无形无影了，何况一个打诳语的过客？

谈什么个人的困厄?!"当我去国远游，总有寺庙容身。想想那些失去了寺庙却又得按佛陀的标准活命的人，他们比我更难。从而，自己敦促自己做一点分内之事，这真的无须记挂!"在此都当淡化功果之时，40公里外的曼迈兑，在岩书图的倡议下，人们开始筹备年末祭拜茶树王的仪典。之前，巴达大黑山里那棵1700年树龄的野生茶树王尚未枯死，老人骑马，年轻人走路，一个寨子的人敲锣打鼓，每年都要去祭拜二至三次。有时，祭拜至天黑，晚上就在茶王树旁的窝棚里住一夜，视茶树为守护神。野生茶王树枯死后，他们就在寨子西面高冈上的茶树林里选了一棵800年树龄的茶树为茶王，连年设坛祭拜不怠。

离开白塔，我欲驱车重返曼迈兑，天降法雨，车至贺松茶山便停歇下来，于一座茶山中想象一个寨子的人隐身到另一座茶山中。那古老而又庄严的祭拜场景，我视其为人类在自己的幻象中终于找到了婆娑世界里赐福于己的神灵。茶王树的形象一再升腾于我的脑海：它高大茂盛，四周的茶树和灌木丛都在像人们那样，向它虔诚地鞠躬。

07

布朗山记

一

李贽的《焚书·琴赋》记载,"《白虎通》曰:'琴者禁也。禁人邪恶,归于正道,故谓之琴。'余谓琴者心也,琴者吟也,所以吟其心也。人知口之吟,不知手之吟;知口之有声,而不知手亦有声也……"7年时间过去了,我至今不忘2000年春天造访布朗山时,在班章村听人弹月琴的景象。那是一个月光照白了万物的晚上,几个来自异乡的茶农,喝了一点酒,脚下有些虚飘,抱着月琴,踉踉跄跄地来到勐海茶厂的班章基地,在一块空地上,开始了弹奏。如果所有的艺术形式都将借助于艺术家的意识性幻想和超意识幻想方能感知现实时空与彼岸时空的各种关系,并在作品中表达出来,让其永久留存,那么,我所看见的弹奏则仿佛天生,"艺术家"只是这种"天生之物"连接世界的载体,甚至,他们乃是月琴和乐音的一个组成部分。在这儿,不仅有口之吟口之声,手之吟手之声,我所看见的弹奏者,头发、眼睛、耳朵、鼻子、嘴巴、喉结、手、胸膛、臀部、脚、衣服,以及看不见的体内之物,全都介入到了弹奏和妙音之中。他们甚至调动起了月光、清风、土地上的尘土和四周的林木，让月光有了旋律，让清风灌满了火焰与流水，让尘土具有了梦幻，让林木学会了瞬间的快速生长术，那一股不可捉摸的力量，让伟大的群山也乐于成为他们的舞台，主动伏下挺拔的身躯，供其跳跃、腾挪、扑击。或舒慢；或寂静；或石破天惊；或将身体中的骨骼绷得咔咔直响；或让血管对接上清泉；或把舌头交付给夜鸟掌管；或将肺腑之门打开，钥匙是祭献台的牺牲，放出一只只孟加拉虎、麂子和马鹿；或齐刷刷地把脊梁对着天空；或齐刷刷地跪倒在一根小草面前；或齐刷刷地大声哭泣；或齐刷刷地大声狂笑；或气若游丝；或模仿鬼神说话；或以玉米和茶树的模样贴着地皮……如果说有一种纯洁等同于婴儿，有一种圣洁接近于经书，有一种开辟或说疯癫无异于魔鬼，我想，当它们汇聚在一起，有些艺术的巅峰之上，永远是巫的领地。我不迷信那些阳光灿烂、始终昭示未来的梦想之书，在我的琴弦上，跳跃或葬身的，从来都是人类无力破解的自然神力和生死迷局。

同行的人告诉我，这些弹奏月琴的人，不是布朗人。他们演唱和弹奏的，也不是布朗人的音乐，他们的弹唱方式，更不知来自何方。但可以确定的是，在弹奏到东方破晓、太阳取代月亮之时，他们最后弹奏的是一首古老的佤族祭拜土地神的歌：

寨子里伟大的社神啊

寨子外圣母一样的河灵

白露花已经开白了山坡

我们要播种了，撒下小米

种下稻谷，让它们进入泥土吧

让他们在岩石上面也能发芽

山雀飞来，请你遮住它们的眼睛

松鼠跑来，请你捂住它们的嘴

籽种也会疼啊，籽种也会哭

我们敬奉的神明啊

别让山雀和松鼠把它们吃光

…………

　　从夜幕初上，弹奏到天地初分，他们中的每一个人，都像拧紧的发条或一如鬼神附体，弹之，歌之，舞之，收放自由，人琴一体。身体的每一个器官均是那么鲜活、敏锐，都仿佛是在为石头、植物、兽灵或其他物种代言。有拙朴、粗俗，有通灵、出尘，一种罕见的忘我和无畏与另一种常见的卑微和赤诚，死铁般地结合在一起，让人感到，类似的弹奏，是人、鬼、神一起完成的，尽管他们无意以鬼神的方式表达自己。途中，屡有人弹断琴弦，他们又在黑暗中，熟练地换掉，退出与重新加入,不留一点痕迹。

我亦无心知道弹奏者来自何方,所以,7年前我也没问。我只知道,在我的地图册里,这些人,应该制成图例,注明在布朗山上。今天,他们弹奏的空地上长满了灌木,他们提着酒和月琴消失的那条小路,已经不在了,那儿全栽满了茶树。我肯定也不会再碰上他们,1016平方公里的布朗山,收藏几个人并让其他人永远看不到,那不是难事。

二

车出勐海,一路南行,穿越的是辽阔的象山、勐混坝子。道路的两旁,刚刚栽的稻秧,正由黄转绿,在此艰难的复活期,很难听到上万亩连在一起的、疯狂的生长之音,田野的每一寸,都在承受土地强大的催生托力,仿佛每一棵秧苗的根上,都有一股绵绵不绝的真气在注入,都有一双神灵之手在呵护、挺举。而这些新移来的秧苗,它们还没有适应新土的温度和性格,一如进到了后娘之家,远远还没有喘过气来,远远还没有来得及适应更具爆炸力的关爱。它们有些手足无措,慌乱而焦虑。显而易见,同样具备繁衍蛮力的风雨,正如天上悬垂而下的舷梯,希望它们尽快成活,由舷梯登堂入室,成为热带雨林绿色大家族中不可缺少的成员。一边是在下的力量拼命催促，另一边是在上的呼唤紧锣密鼓，秧苗夹在中间，既担心自己的成长不够粗壮、结出的谷粒不够丰硕而有愧于后娘之土，又害怕上下两方的力量太过于猛烈，自己细小的生命经不住折腾。可事实上，谁都明白，在西双版纳，任何一种生命都可以繁茂地生死，且生死途中，又每时每刻都因为自然神力的强大而充满隆重的仪式感。所有的焦虑均是徒劳的，西双版纳也不会因为你的焦虑而停下自己不顾一切向前的步伐。所以，在我的印象中，在这儿，一块土地，只要你让它荒着，不到三年，它就会还给你一片森林。人的力量算什么，人的力量无非就是竭尽全力地不让土地荒下来。所以，这些复活期的秧苗，它们的黄，乃是谷粒之黄的提前彩排。

秧苗一个季节的命运，类似于布朗族人几千年的命运。这些文献中所称"百濮"的后人，与佤族和德昂族同源，数代之间，中土人士称其为苞满、闽濮、濮、尾濮、文面濮、赤口濮、木棉濮、濮曼、朴子蛮、望蛮、濮蛮，等等。在族源上，他们属孟高棉族群，有别于南迁而来的北方氐羌系统的民族。氐羌民族系统中的僰人、昆明人和叟人，大多数居住在更靠近云南中心的地带，而布朗族、佤族和德昂族等，则居穷边，文献中找不到他们从北而来的记载，只有他们继续往南移至中南半岛的只言片语。赵瑛所著的《布朗族文化史》云："历代封建王朝的压迫和剥削,或因民族矛盾或因统治者采取强行移民政策等诸多因素,遂引起濮人举族南迁。"那些迁至中南半岛的濮人,"先后建立了林阳、直通王国(今缅甸境内,以孟人为主)、扶南(今柬埔寨,以孟高棉为主)、罗斛、得楞、顿逊、盘盘和赤土等国"。尤中教授的《云南民族史》亦云,公元前2000年,中国西南地区,尤其是云南,居住着众多的孟高棉部落群体。在公元前2000年末,大部分孟高棉的部落已经南移至中南半岛。春秋战国时期分布在云南南部和西南部的孟高棉系统的部落群体,是没有向中南半岛南迁而仍然留在云南境内的一部分。据此,我们也就可以得出这样的结论,布朗族、佤族和德昂族等族,同系"百濮",乃是世居云南的土著民族,是纯正的云南人之根。

令人扼腕的是,南迁与不迁,相同的"百濮",却创造了不同的"百濮文化"。南迁者开疆立国,湄公河两岸建起了以吴哥窟为代表的旷世文明;留于滇土者,因云南本就是国之边,其所居之处又是云南之边,至民国时期,仍锁身于山林,一如生活在人类的童年期,始终卡在厚土与世界的召唤之间。

然而,物极必反。也许正是基于这种几千年的隐居,他们才得以真正意义上的食百草、知百味,成了世界上最早种植和享用茶叶的民族,成了世界茶叶史上站立在源头的不朽的群雕。岂止于普洱茶,由于他们脚下的土地就是世界茶叶的原产地，所以，人类所消耗掉的茶叶，第一张叶片，就是他们的祖先采摘下来的。我非常赞同美国汉学家艾梅霞《茶叶之路》一书的观点，茶叶源起于云南的澜沧江流域，且在2000多年前就已传播到中国各地。与此同时，这一区域的人民已将紧压茶，沿青藏高原边沿，直抵河西走廊，运至了中亚地区，亦运至了西藏。这条茶路，被称为人类历史上的第一条茶叶贸易之路，因路形像弓，亦称"茶文化之弓"。艾梅霞女士不解"百濮"，称茶出于傣，这与一些写普洱茶书的人，把傣族迁移至西双版纳或孔明伐滇的时间指认成普洱茶历史发源的时间，所犯的错误是一样的。因为他们都不知道这片土地上还生活着更加古老的民族，而且是茶之始祖。至于砖、饼、沱等普洱茶外形，人们亦认为始于明代的军屯、民屯和商屯，即从外界传入，事实上，这也经不起推敲，因为作为砖、饼、沱茶祖先的竹筒茶早已有之，乃是茶叶源头上顺其自然的一种日常形式。

三

当文献中找不到有用的资料，转身过来，我们却看见了"百濮"的创世古歌、祖先歌和俚语。在德昂族的创世古歌《达古达楞格莱标》中，人们唱道：

天地混沌未开,
大地一片荒漠。
天上有一棵茶树,
愿意到地上生长。
大风吹下一百零二片茶叶,
一百零二片茶叶在狂风中变化,
单数叶变成五十一个精悍小伙,
双数叶化为二十五对半美丽姑娘。
精悍的小伙都挎着砍刀,
美丽的姑娘都套着腰箍。
他们战胜了洪水、大火和浓雾,
他们战胜了饥饿、利剑和瘟疫。
大地明亮得像宝石,
大地美丽得像天堂
…………

我没有查找到佤族有关茶叶的古歌,只见到这么一句:"你喝了茶叶水,你就看见了鬼魂。"在布朗族的神话传说中,其始祖是叭岩冷,叭岩冷死后化为神灵,对其子民说:"我留牛马给你们,怕它们遇到灾难就死掉;我留金银财宝给你们,怕

它们不够你们用;我留茶树给你们,子子孙孙用不尽……"于是,叭岩冷往众山之上手一挥,茶种纷纷入土。其《祖先歌》唱道:

> 叭岩冷是我们的英雄,
> 叭岩冷是我们的祖先,
> 是他给我们留下了竹棚和茶树,
> 是他给我们留下了生存的拐棍。
> …………

德昂族之歌,说的是人生于茶,茶树是人的祖先;佤族人说的是茶叶通灵,饮其水,就可以看见祖先;布朗族则强调茶生于始祖。三者都把茶和祖先连在一起,尽管这不具备文献价值,却足以说明布朗等民族种茶饮茶的历史无比久远,且对茶无限尊崇,茶情之深,等同于祖先。赵瑛和尤中教授都言,"百濮"在公元前2000年以前就生活在这片产茶的土地上,如果当时他们就种茶,该地种茶史当在4000年以上。

四

7年前上布朗山，勐混、班章和老曼娥至乡政府勐昂一线，只有一条荒废的旧道，荆棘丛生，飞机草比人还高；勐混、弄养、戈贺、曼囡和新竜至勐昂一线，是沙石路。我们走的是后一条，91公里，越野车跑了近4个小时。不过，在我的眼中这并不是什么极限之旅，一切正好相反，这根本不是在挑战我的意志，而是我乐于接受道路与车辆对抗所产生的每一次震荡、斜滑和抛锚，因此而产生的每一刻停顿，都被我视为布朗山对我的挽留。而且，正是因为缓慢，在勐混的田畴之间，那些曼妙出行的傣族少女，让我见识了一种陌生而又动人心魄的美，宛若一缕缕香魂，来到了阳光下。她们与竹楼、凤凰竹、大青树结合在一起，就连插在头上的塑料花，也能飘散出奇异的芬芳。我从来都怀疑这一民族来自异方的民族学观点，真的想象不出来，天下还有哪一方乐土能像西双版纳以及德宏州这样，把她们的美凸显得如此彻底。也正是因为汽车一再地拒绝加速，在曼囡，我第一次领教了什么叫原始森林，品种繁多的冲天巨树配以无孔不入的灌木与藤条，使这大地的一角，变得异乎寻常地难以捉摸，是渊薮，亦是日渐荒芜的世界之肺。看不见鸟的翅膀，听得清鸟的叫鸣。噢，天哪，所谓昆虫，多得只有上帝才能数清。它们中的一只，张开嘴，叫一声，就算贴在你的耳朵上，你那被汽车喇叭声震坏了的耳朵，肯定也听不见。可问题是，那一天，我的耳膜几乎被它们震破了。

每见树丛中露出寨子，寨子的最高处就有一座黄灿灿的缅寺，在距寨子不远的路上，你也就会碰上对汽车声充耳不闻的黄牛群。开辟出来的田地中央也照例会有一两个窝棚，有人或者没人。那些新开的荒地是大火烧出来的，一人难以合抱的一棵棵黑色树桩旁，细胳膊细腿地生长着玉米，而坡地尽头的灌木丛中，被弃的圆木正等待着腐烂，它们中的任何一棵，都比我老家的房梁还粗。人们获取食物的方式真的太奢华了……

那一年上勐昂，下山走的却是老曼娥和班章一线。徒步过班章，有茶农用大大的编织袋装茶在路边卖，30元左右一袋，没有人要。谁也没想到，7年之后，最好的班章茶，卖到了1200元左右一公斤。传说外地人进班章，茶农待之以红牛或矿泉水，就是不泡茶，因为茶价太高了。这一次上布朗山，我走此路线，没有去领略班章茶韵的意思，纯粹是为了体验从此路线上山的不同之处。

出乎我的意料，上班章的路甚至比我周游西双版纳时所见识的任何一条路的路况还差。加之头天下了暴雨，这条路，如果借飞鸟之眼，从空中看下来，这样形容一点也不过分：它像一个残忍而歹毒的刀客在一个风华绝代的女人脸上划出的刀痕，并且，这个刀客是在把女人缚于柱上之后才动的手，用刀的速度很慢,力度时大时小,运刀忽左忽右。女人有过本能的挣扎,这就使得有的地方,刀剑一滑,出现了极大的弯曲和跌宕。不过,这能怪谁呢?何况它有助于我且行且走,有助于我把魂丢在这个让我着迷的地方。与我同行的司机小白,久走山路,一再让皮卡侧滑,一再担惊受怕而又因皮卡的努力过关笑逐颜开。可在临近班章的一截山腰上,皮卡还是陷于泥潭。路的左边是山,泥潭大得让人不敢轻举妄动;路的右边是山坡,从那儿往下看,可以看见远方的勐混坝子,只要皮卡一打滑,人的叫声还停在口腔里,车已没了踪影。最要命的是,年轻的小白开始的时候低估了这泥潭,以为上了四驱,放在低挡,一脚油门就可过去,没想到冲到了泥潭中央,车便一味地原地刨土,决不朝前,也决不退后。的确,着急的是小白,我不急。下了车,他先是打开百宝箱,拿出铁铲和砍刀,然后铲土,砍路边的树枝来垫路。我帮不上忙,转身上山,内急。蹲在班章山上看班章,仿佛脚下之山是班章的最高处。眼中的班章,四周之山,山势并不陡峭,多斜缓的山梁,且一道道山梁像"五马归槽",一一会向老班章和新班章的寨子聚落。或许是因为这儿的土壤和气候等自然条件的确能保证优质茶叶的生长,目所能及的山梁,不见原始森林,代之的全是茶树、古茶树或者新茶园。在那些新垦的茶园边上,种茶人的木屋稍显孤寂,它们门前的狗偶尔会对着山谷叫上几声,有回音,有寂寞。

五

　　一个小时后车再上路。我们行到老班章的路口时，一辆卡车冲了出来，车厢里站着浑身是泥的约翰、杰克和史密斯三人。这是什么地方，他们来干什么？我和小白不知道，但小白还是停下车，对着司机吼了一声："路不通，太危险。"司机是本地人，不理，一脚油门，朝泥潭所在的方向扑了过去。那一瞬，约翰他们见我们的车来到，脸上均透出一丝欣喜，但我敢断定，他们一定会从车厢里跳下来，把更多的泥巴弄到身上，或者，重新返回班章，等天晴了再上路。

　　我们没有进老班章，直接往新班章进发。幸运的是，过了老班章上老曼娥的路已是阳关大道，非 7 年前的荒道。新班章果然焕然一新，旧貌换新颜。寨子里铺上了水泥路，孩子们在路上滚动废弃的摩托车轮胎，一群狗在后面追。寨子中的每一幢干栏式建筑体的露台上都有接收电视的"大锅盖"，有太阳能。在"大锅盖"和太阳能大桶的旁边，一般都有老人在晒茶，或者膝盖上放着一个大簸箕，认真地拣着黄片。水泥路只通向我们一路上来的这条交通大动脉，抬头再看，水泥路不通向更多的七桠八岔地往里走的道路，走着走着，水泥路就没了，于是我们就可以看见由泥土、砂砾和水冲出来的山峦，只有原先的土路安分守己地继续向前延伸。当然，我们完全有理由把水泥路视为乡村精神文明中强硬而尖锐的怪物,因为道路两旁的房屋也一律建在土上,甚至每一幢建筑的一楼仍然是土地坪,有小坑,有永远也扫不干净的尘土。我对这种天外来客般的局部水泥路持积极的支持态度,尽管它与寨子不太和谐。假以时日,所有干栏式建筑必然一一被抹掉,全变成像寨口那幢小洋楼一样的建筑。虽然建筑的崛起并不只是为了与水泥路配套,可这进步的代价,却是让我们的后人翻遍文献,也不知祖先传承了几千年的"干栏式"是什么。想想,时代的进步,果然不是在牧歌中进行的,它必然会带给我们永远难以治愈的健忘症,它必然会让许多寨子,特别是没有自己文字的民族寨子失去记忆,或者在口口相传中,陷入一圈卷着一圈的谜团旋涡。如果文化人类学与政治经济学之间,从来都没有停止过战争与械斗,输得一丝不挂的,肯定是文化人类学。

六

班章,傣语。"班",窝棚;"章",桂花树。班章,即"桂花树下的窝棚"。1846年10月16日,现代意义上的西方医学的首次麻醉手术,在美国麻省综合医院进行。它的成功,使手术刀下的病人从此免除了在手术过程中暂时的剧烈疼痛。麻醉术的确是一门功德无量的奇技,而麻醉药更是这一奇技之母。谁都清楚,当"班章茶"作为麻醉药奇迹般地成为我们医治贫困这一千年沉疴的不二法则时,很难推断,横陈于无影灯下的病体,是否会在维系于市场之手的手术刀下,从此百年康健。是的,我担心的是与经济情同手足的文化建设,是否能跟上班章茶价的一飞冲天,而这一飞冲天究竟又是否如太阳一般恒定,还是如孔明灯,只是烘托出了几个节庆日的喜乐气氛?

布朗族人建立村寨,一直以人体为范本。他们认为,人有四肢和心脏,村寨相应的要有四个寨门和位于寨子中心的寨神桩,即寨心。寨心是氏族祭拜祖先和寨神的地方,它主宰着全寨人的祸福与吉凶。凡是每年2月和7月的"干日",寨人必祭寨心3天。3天内,寨子里静悄悄的,不准磨刀、背水、下地、吵闹,更不准外寨人来访。凡要建房、婚娶的人家,凡生病之人,凡想入住此寨者,都要以相应的物品作祭品,请祭司代为祭寨神,以求得寨神的许可和赐福。

这种充满神性和人性的村寨布局,具有自觉的开放意识与牢固的神祇文化相结合的村寨心灵史,无疑可以让我们对横空出世的经济风潮的冲击不屑一顾,因为我们相信,在表象上实现翻天覆地的寨子,只是外寨,一定还有一个隐形的、更为不朽的寨子存在着。只是,对于这个寨子的定力,它的寨心的跳动力度,我们必须给它提供无休无止的能量供给,而不是因为急功于"变化"而引其走上文化迁徙的漫漫长路。特别是当桂花树下的窝棚,在短短的几年时间之内迅速地变成了茶叶树下的皇宫,我们的当务之急,是要把寨心理解为人的心脏,随时都要看看它的跳动是否已经剧烈加速。

七

老曼娥,与班章相邻的另一个寨子,建寨已有1360多年,是布朗山倦于迁徙而定力最大的老寨之一。与老班章居住的哈尼族不同,这儿的128户人家全是布朗族。老曼娥过去所处的环境,可以在《中共勐海县党史资料第四辑·中国唯一的布朗族乡布朗山》一书的"大事记"中,找到几张过去的光阴的切片:

1. 1926年,老曼娥因天花流行,先后死亡160多人,全寨只剩下几十户人家居住;

2. 1954年7月,由布朗山区人武部和驻军武工队,联合组织了一个"护秋打虎小组",在曼诺寨至老曼娥区域内,以一个月的时间集中精力寻捕老虎;

3. 1955年6月,曼娥寨发生严重虫灾,村民大搞迷信活动,经工作队员宣传动员、耐心说服,群众才陆续加入

捕虫行列,在工作队员的带领下,7天捉虫94.4斤;

4. 1959年2月,曼娥乡政府、新曼娥被跑到境外的曼因寨人岩嘎纵火,35户人家的房屋全部烧毁;

5. 1995年3月,投资15万元,兴修老曼娥大沟,于5月5日竣工;

6. 1995年3月初,班章村公所坝卡囡村、老曼娥村发生严重的牛出血性败血病,死亡65头牛,造成直接经济损失6.65万元;

…………

詹英佩女士在其《普洱茶原产地西双版纳》一书中说:"布朗人在老曼娥一住就是1300多年,细分析,能留住他们的除了寨子前边那条小河,还有就是他们种下的大茶园……老曼娥的古茶园是西双版纳最具考察价值的古茶园,面积大且连片,年代排列齐全,是濮人种茶的历史档案馆。3200亩古茶树……大至三人合抱,小至碗口粗细。唐、宋、元、明、清各个时期的茶树在老曼娥都生长着、陈列着。"2000年,我到老曼娥时曾肯定地说:"老曼娥仿佛是一艘绿海中的沉船。"但它周边一个个山坳和谷地上,总有一座座人间的天堂。在它与班章之间,碰到了三道寨门,门楣上均画了咒符。同行的人讲,这一带常见一种耳朵上有缺口的小猪,乃是布朗人送鬼的载体。

这次重返老曼娥,"大事记"中所说的1995年所修的大沟,建于其上的桥梁已被大水冲走,桥头的幡柱已失,桥体上用水泥做成并涂成红色的龙,也被水冲走了。时间改变事物的力量就是这么强大,但这个古老的寨子似乎还是记忆中的那座,饱经自然之灾,又借自然之力而生生不息。站在寨子里,我茫然四顾,问一个骑摩托车的青年:"以前在老曼娥教书的女孩玉温丙还在不在?"他答:"走掉了。"玉温丙是我当时采访的老茶人宋晓安的女儿,那年她20岁。这个孤独而又认命的女孩,我在散文《画卷》和诗歌《布朗山之巅》中都曾写过她。

八

也许是我的记忆出错,布朗山乡政府所在地勐昂,与7年前相比,并没有什么大的变化。我在那儿住了两个晚上,两个晚上后的次日清晨,睁开眼睛首先看见的都是一床的飞蚂蚁的翅膀。这些见到亮光就从暗处飞来的小生灵,我不知道它们在我睡去的时候,为什么会把自己的翅膀卸下,更不知道它们以怎样的方式卸下翅膀。

两天之中,在乡政府民政宗教助理员岩布勐先生的指引下,我拜访了勐昂缅寺和章家村的抱经塔缅寺。勐昂缅寺的大佛爷名叫都言坎，抱经塔缅寺的西滴天名叫岩坎谈。在小乘佛教中，其教职由上而下的顺序大致是阿嘎木里、帕召祜、松溜、西滴天、沙弥、祜巴、都比龙（大佛爷）、比囡（二佛爷）、帕龙、帕囡等。在布朗族中，人们的宗教信仰，开始于原始宗教，约200年前，南传上座部佛教才由傣族地区基于政治需要而传入，并最终成为布朗族的全民性宗教。尽管如此，人们的日常生活中，因原始宗教而产生的各类禁忌依然存在。比如忌在寨子"神林"中狩猎、放牧、大小便；屋内仍有"神柱"，禁拴牲畜、禁靠、禁挂衣物；"寨心"平时禁人进入，更禁外寨人抚摸；女人来月经禁去缅寺；人死禁停尸于家中，且必须当天埋葬，若确实来不及埋葬，必须派人守尸，忌狗、猫闯入，否则死者的鬼魂会转世；妻子怀孕，丈夫禁杀生：杀蛇，生出的儿子吐舌头；杀狗，生出的儿子哭声像狗吠；杀鼠，生出的儿子不睡觉……

岩布勐先生告诉我，布朗山上的缅寺分两种：一种在寨子里，如勐昂缅寺；另一种则在野外，离寨子至少一公里，如抱经塔缅寺。勐昂缅寺的大佛爷都言坎，9岁入寺当和尚，20岁时，即1954年被政府组织前往昆明参观学习，回来后不想当和尚，还俗了，并且结了婚还与妻子生了5男3女。2004年，妻死，儿女们都各自成家，就又入缅寺做了和尚。像他这种还过俗的和尚，教职最高也只能做到大佛爷。由于没有二佛爷协助，71岁的都言坎，只能将寺中大小事务全部承担起来，管理菩萨和经书、教小和尚念经、赕佛、滴水拴线、送受过佛的教化的终老之人上山……

在岩布勐先生的翻译的协助下，都言坎佛爷一直以傣语间杂汉语的方式与我交谈。期间，寺外下过一场暴雨，雨后的阳光从屋顶漏下来一束，刚好照着他。这位身着袈裟的老人，安静、慈祥，有一种因入俗世而又出家所带来的旷达之感。他告诉我，在他的工作中很多都是次要的，核心就是告诉人们，一切事情都必须按经书上的指示去办，什么事该办，可以直通天堂，什么事不该做，否则会下地狱。经书中说，神造了世界，人存之于其间，所以，走路要交钱，提水要交钱，穿衣要交钱，劳作也要交钱。菩萨很多，人们赕佛，即具体的人家敬奉具体的菩萨，这种事得由都言坎佛爷具体安排，作为回报，赕佛者，个人或集体，都应向缅寺奉上一定数量的茶或谷物。至于傣历9月15日的"考瓦沙"（关门节）、超度亡人的"赕萨拉"、献袈裟时的"赕帕"、每年两到三次的"赕坦"（献经书）；傣历12月15日的"奥瓦沙"（开门节）、关门节和开门节期间的"赕星"讲经、不定期的"赶听"，即全寨性大赕或"靠刚"（私人大赕），以及"赕帕朵亥"（向大佛爷私人赕东西）等活动中，人们都要向缅寺赕礼。赕老茧，是施舍也。以赕积善，修来世而成涅槃。

勐昂缅寺在布朗山上条件算好的，可大佛爷还是只能与小和尚们住在一起，只是他的地铺靠近火塘。我离开时，他出门来送，站在高高的台阶顶端，勐昂全寨皆入其眼。没有任何疑问，都言坎所在之所，乃是勐昂寨的灵魂。

布朗山上近几十年来，曾出过很多个帕召祜、松溜和西滴天等教职极高的宗教界人士。目前，教职最高的是抱经塔缅寺的西滴天岩坎谈。该寺筑于章家村区域的一个山头之上，四周都没有村寨，是为在野。在野者，和尚皆以乞讨为生；在野者，心静，不闻宰杀之声，难见情侣对唱，结尘之外也，利修行，不问寨事。经书8套14000多卷，卷卷都亮神灯。岩坎谈从小做和尚，现年43岁，经书皆能诵之，但他说："有时还是很难弄懂菩萨的意思。"这位赤着双脚、目光坚定、一副在野之相的西滴天，左手之上有一文身，他说是菩萨语，不能译成汉语，问其音译，他诵："三底巴卡，阿巴三那，三底巴达，阿旺甲纳，麻达毕达，坚力坎达，甲底微纳塘，巴底嘎麻地。"意为："水烫不会起泡。"与西方文身的符号学暗喻性与死亡不同，西滴天说，在这儿，文身，只为了装饰。

姚荷生先生的《水摆夷风土记》中说，"文身都在做小和尚的时候举行，先狂吹鸦片，麻醉过去，然后由专家刺花，并涂上青色颜料……一身美丽的花纹，是异性欣赏的目标，对于性爱生活的成功，有很大帮助。有次我们在江边洗澡，那双没有雕题的丑腿给姑娘们看到了,她们轻蔑地笑:'婆娘腿!有啥子瞧场呀!?'"姚先生所说,似与西滴天之说有异,与西方文身的主题相符。

在野的和尚,还俗的极少,为了生计,他们除了乞讨外,还置了耕地。抱经塔缅寺就有20多亩茶园,为其管理者是一对贵州毕节的中年夫妇,男的叫罗永坤,女的叫陈恩飞,一个7岁的儿子,名罗欢。夫妇俩原是走村串寨卖服装的小贩,走遍了云南的山山水水。2007年4月,挑着被面、蚊帐等入布朗山,走错路,进了抱经塔缅寺,便被西滴天留了下来,并在寺外几百米处为其建了一座木板房……

岩坎谈说,在经书中有"树叶会变成钱,石头会变成钱"之语。现在是佛历2368年,树叶真的变成钱了。这种树叶就是茶。以经书论茶,贝叶经《游世绿叶经》中有言:"有青枝绿叶,白花绿果生于天下人间,佛祖告说,在攸乐、易武、蛮砖和曼撒,在倚邦、莽枝和革登,有美丽的嫩叶,甘甜的茶叶,生于大树荫下。老人喝了益寿,妇女吃了漂亮,孩子吃了长壮,智者吃了更智。"经都在贝叶上、纸上和心上,生活中,很难看到茶叶从这些地方生长出来,但以经书之圣洁,以茶叶之尊重,布朗人结婚、建房、赕佛、丧葬、制"请柬",都会以茶、蜡条和烟代之,三者送达,蜡条意为"求你",茶和烟意为"请你"。赕佛,请外寨之人,茶两包(最多5两一包),

一包给自己,一包给缅寺,凡被请的人,不管有什么事缠身,爹妈不能去,儿子也必须去参加;婚丧,一包茶两根蜡条,意即主人已把你当成最亲的亲人或朋友,也必须去。布朗族人的葬礼不仅以茶为"请柬",入殓的时候,死者的亲属还要将茶叶,以及蜡条、饭团和芭蕉捆在一起,并用白线将其捆扎在死者的手上,让死者带走……

在抱经塔缅寺通往勐昂的路上,就可看见缅甸,群山起伏处,云海苍苍。布朗山的南面和西面均与缅甸接壤,国境线70.1公里。中国的云朵飘过去,一分钟就到了。那异国的云雾深处,西滴天岩坎谈,以前曾经路过。

九

在任何一个人自由的内心王国中,都有一笔秘而不宣的财富。可我始终没有想明白,2001年9月4日,宋晓安病逝前,留给女儿玉温丙的最后一句话竟然是:"做什么事都可以,就是不能做茶。"这只能说明,这个1959年上布朗山收茶、几十年没下过山的老茶人,他的内心真的被普洱茶掏空了,什么财富也没有留下。也许,唯一的安慰是在他死后,他的一儿一女把他的尸体火化在了他布朗族妻子的火化处。7年前,我采访他的时候,他就曾无数次地告诉我:"死去的妻子变成火焰了,她一再地来喊我。"现在,他如愿了。稍有不同的是,他那没有被彻底烧成灰的骨头,儿女们把它们集中在一起,器具是他生前装酒的大玻璃瓶。

2007年6月13日下午,坐在我面前的玉温丙,已是满脸的风霜。她告诉我,布朗人死了,火化之处是死者自己找的。抬棺上山,抬棺人的任务只是在坟山上转来转去,棺落地,无异样,证明死者满意,如果木杠或绳子断了,就必须按死者的意愿重新选地。"我父亲的棺木直接就抬到母亲火化处,毫无异样,"玉温丙说,"这说明父亲喜欢与母亲在一起。"

2000年9月,勐海县一纸公文,辞退所有代课老师,玉温丙因此从老曼娥回到了勐昂,守在父亲身边。那时候,他们住在勐海茶厂的布朗山茶叶收购站里。为了生计,她开过小卖部,到餐馆做过小工,可都仅仅只够糊口。但在开小卖部的时候,她得以结识来自普洱景东县的种茶青年刘汉斌,并在父亲死后6个月,与刘汉斌结了婚,当时她22岁。毫无疑问,这场婚姻让玉温丙这位无家可归的茶人女儿,重新有了立足之地。2004年4月,因为在勐昂真的已经陷入困境,夫妇俩带着一岁多的孩子岩地温,回刘汉斌的景东老家种地去了。

勐昂或者景东,对于他们来说,显然都不是天堂,但两者相较,似乎勐昂更值得期待,所以,2005年12月3日,他们又重返布朗山,花了最后的2500元钱,从一赵姓人家手上买下了目前居住的这间小屋。夫妇俩上山割松香,3块多一斤,一年能割3吨左右。除了割松香,刘汉斌还帮人杀猪、卸货。杀一头猪30元,玉温丙说:"要是天天都有猪杀,那就好了。"按他们的安排,我见到玉温丙的次日,刘汉斌就要跟一个叫"老江西"的人去景东贩猪到勐昂来卖,可"老江西"临时决定,要从勐海拉盐巴上布朗山来,于是时间推后了。在屋檐水像山泉一样往下流淌的氛围中,刘汉斌递给我一支红河烟,说:"你的《普洱茶记》,写我岳父宋晓安那一节,我读一次,哭一次。"他哭,为一个老人的命运。这命运,意味着以一生为代价,也没看到普洱茶出头的一天;有起色了,人却走了。除了那些祖祖辈辈陪着茶树一起成长、一起变老的茶农外,我真的很难再找到第二个宋晓安。一个汉人,受茶厂所派,一脚踏上布朗山,便是一辈子光阴的耗尽。

玉温丙自从离开老曼娥便再也没有回去过。茶叶涨价了,那儿的人都富裕起来了。玉温丙说:"他们经常都来约我,我不想去,自己太穷了。"现在,玉温丙在乡卫生院做清洁工,每月600元。在家时,她养了很多鸡,我们闲谈的时候,这些鸡经常跑进家来,身子一抖,雨水溅得到处都是。

08

布朗山续记

一

在布朗山，在班章村
在班章村之巅的三垛山
老茶农走出初制所
看见了低飞的燕子

心中的甘甜味道正从天上飘下来
在乱云中发芽。在迷雾中开花
在细雨中飞远
在人间经过
云中的夏花，雾中的秋叶
是传说中最绚烂的生、最静美的死
而眼前的秋叶却在山头修炼
在初制所得道
在山外美人们手中升仙

云雾中，一切都是我

我又什么都不是
一切远在天边，一切近在眼前
看不着很大的世界
也不用看很小的命运
更晓不得我是哪一位茶农

但一片茶叶看得见另一片茶叶
它们是云雾中的注视
是停在树上的眺望
它们是会飞的眼睛
是天晴后会飞走的眼睛

越野车从勐混坝子驶过，道路两边的傣族寨子、寺庙、秋收后的田野，一律头顶着安静而又滚沸的白云，无限接近幻象中的海市蜃楼。云南大多数坝子的尽头，不是湖海，而是高山，勐混这一用傣语命名的地方，汉译为"河水倒流的坝子"，它的尽头、边界、隔壁，自然也是大地在舒展平滑的腹部之后，向着天空举起乳房、肩膀和头颅的群山综合体。但是，当越野车驶进布朗山系，沿着两旁长满了山茅草和飞机草的盘山公路向上跃进时，每一次我都感到了一个世界的开始，它们竟然没有任何的铺垫与过渡，仿佛人的身体，腹部与头颅不是一个整体。山并不陡峭，可它是突然升起来的，而且因为它的升起，稻谷天堂的末端迅速壁立着立体的榉树、栗树、金矿和云雾里的山寨。一片片茶树林，也因此像天空里的乔木，自由地浮动在散漫的烟霞之中。即使是你曾见识过的植物和鸟禽，当它们瞬息之前还不见踪迹但在瞬息之后已经直扑你的眼前时，你的诧异与喜悦都将难以复述。令我更为诧异与喜悦的是，当越野车因为道路施工临时堵塞在那座金矿与南温老寨之间的斜坡上，我下车抽烟时，公路边的芭蕉树下，竟然有一个熟悉的身影站在那儿抽烟。对，不是诗人中的任何一个，他是著名的莽汉、豪猪、隐逸者和豪饮者，酉阳人李亚伟！

篇首诗歌《秋日小酒》，是他写于老班章之巅三垛山的急就章。据与其同行的郑旺强说，那是中午，李亚伟在一棵香樟树下独酌，老曼娥、小班章，青色的一条条山梁全在脚底次第呈现，他快活得像个走在鹊桥上怀春的少年。酒至微醺，便欣欣然躺倒在茶树林里，不准人们找他、喊他的名字，一直躺到黄昏的酒席又开始了，他才喜上眉梢地走下山来，夕照里，笑得满脸全是牙齿。

二

"你知道马悠吗?就是那位病逝于老班章山中的德国生态学家。"见到李亚伟之前,重访了老班章。坐在酒桌上,班章村村长门车低声问了我一句。

屋子里光线不足,长期的柴烟又将四壁和各种家具熏黑了,围坐在圆形竹桌边的十来个人,表情都很模糊,小庙里的石菩萨似的,一动不动。但当门车提及马悠,每一尊石菩萨都分别晃动起身子来,有人用手搔头,有人端起酒杯便喝,甚至有人用哈尼语轻声耳语,关于老班章村过去贫困的追忆而陷入凝重的空气也才开始活泛起来。

"是啊,你认识马悠吗?"一个身着迷彩服的中年男人又追问了我一句。作为中德合作的"西双版纳热带雨林恢复和保护项目"的德国方组长,马悠博士曾在西双版纳生活了13年,致力于热带雨林的修复与再造,于2010年1月26日因心脏病突发病逝,长眠于老班章天籽山中。其租用的6000多亩老班章种植旱谷的轮歇坡地即天籽山,以《易经》六十四卦象作为大自然运作法则,修复和再造"万有",使之在人们的目光之外悄然重返太初,成为西双版纳雨林中的一片高海拔雨林,在国际上产生了一定的影响。我并不认识马悠,知道马悠这个人也是因为云南杰出的摄影家吴家林先生的介绍。家林先生的话语谱系中,能得其赞美者,布列松、马克·吕布及摄影黑皮书封神的几位摄影家之外,可谓少之又少,而马悠就是这少之又少的人中的一个。据家林先生说,马悠曾向他详细介绍了1886至1888年法国湄公河—澜沧江探险队从越南深入中国云南境内探险的诸多尘封的惊心动魄的往事,并向他推荐了《加内报告》一书和探险队员路易·德拉波特关于云南的铜版画。当然,推介雨林传奇不足以让家林先生对马悠推崇备至,关键还是马悠对西双版纳雨林所怀持的敬爱之情。20年来,一直行走在西双版纳的土地上,没有结识马悠,我至今仍然引以为憾。

我没有立即回答他们的提问,而是觉得他们之所以开门见山地提起马悠,必有其诉求。心里暗想,该以什么方式才能从他们口中获取有关马悠的更多信息?最简单也最有效的方式当然就是喝酒,为此,我端起面前的酒杯抽身站了起来,提议大家干了这一杯。哈尼族人的热血从来就是由爱、忠诚和烈酒组合而成,只要你的血管里有着同样的热血,并让他们心领神会,彼此欣然赴醉,他们就会把你当成亲人。令我意外的是,这场酒席没有朝着酣畅淋漓的方向发展,几杯入腹,门车很快便把话题重新引到了马悠的身上。

"现在的老班章村,凡是喝普洱茶的人肯定都知道它。老班章古树普洱明前春茶,一公斤有的卖出了十多万甚至几十万元,可以说已经成为普洱茶的象征。每到春茶上市的时候,每户人家里至少有两到三个茶商等着收茶，供不应求。老班章家家户户建起了别墅，买了豪车，钱多得叫人想都不敢想象……"话说到此处，门车突然打住，望了我一眼，又将目光往席上的村民脸上扫了一圈，声音变得低沉起来："可是，在2002年以前，我们每家人主要靠养猪、养牛和养毛驴挣一点钱，茶叶十来块钱一公斤还没有人要。我记得那是2003年，家里有两个女儿在勐海上学，我连给她们交学费都成问题，只好外出去帮人种地，希望靠卖苦力改变一下家庭困境。可是，靠卖苦力能挣多少钱呢？年底，要过年了，刨掉日常开支，我身上只有200块钱，不知道这年该怎么过，回家的勇气都没有，害怕面对一家老小期待的目光……"

屋子里寂静得像没有人一样。墙角做饭的火塘有一缕白烟从暗处升起来，仿佛是从同样漆黑的屋梁上垂下来的白纱，没有散开，却也没有形成发光体。桌上有两个年轻人明显不适应这沉凝的气氛，端起酒杯，招呼大家接着喝酒，但被门车制止了。

"就在这个时候，马悠，这个大鼻子、蓝眼睛的德国人出现了。他从土壤学、气候学、生态学、海拔和茶树优势等相关学问出发，告诉我们老班章的茶叶品质是独一无二的，老班章人就应该，也完全能够依靠茶叶而把生活过得非常富裕。而且他明确告诉我们，老班章的茶叶10多块钱一公斤实在太便宜了，2004年的春茶一定要40块钱一公斤才卖。事实也果然如此，由于马悠到老班章的天籽山搞雨林修复和重建，老班章受到了很多人的关注，开始出名了，一些茶商也逐渐认识到老班章茶叶有着别的茶叶不可比拟的优良品质，2004年我们的茶叶卖到了36元一公斤……"话题由此而变得轻松，最后，门车坦言，2017年他家的茶叶收入400万元，2018年达到了500万元。整个老班章，年收入500万元以上的茶农有10多户。

"老班章人能有今天，应该感谢的人和应该感谢的国家机构很多，比如陈升以及众多的各地茶商，比如乡政府和茶办，比如……但我认为谁也取代不了马悠……"门车说这话时，一脸的庄重，完全忽视了我的存在，一点儿也不在乎我是否认识马悠，仿佛他只是借向我提问的机会，说出他记忆中老班章与马悠之间的真切联系。

三

隐居西双版纳，写出的诗集《河西走廊抒情》，令喧闹的中国诗坛陷入沉默之后，两年左右时间，又以当代性视角、卓越的才情和端庄的历史观，为世人奉献出《人间宋词》一书，李亚伟已经把西双版纳当成了自己文学生命的再生之地。大江、雨林、寺庙、茶山、温暖的人间,李亚伟与另一位诗人默默藏身在这辽阔国度的极边之野,自觉中断了与浮华世界蚀骨锥心的天然联系,让人觉得这有点儿像当年苏曼殊和李叔同遁入空门。截然不同的是,入了空门的风流才子从此古佛青灯,李亚伟和默默在癫狂的著书立说的间隙,却怎么也拒绝不了大青树下、流水旁边和烟霞之中西双版纳的那一席席锦绣盛宴的诱惑,仿佛两头食量惊人的大象,伸直了嗅觉灵敏的长鼻子,迈着轰隆隆的脚步,一旦坐下来,即便是在新结识的朋友的家宴上,总也能豪饮出万人同醉的长街宴气象。

一次,我重访基诺山,在景洪城做短暂停顿,电话里告知李亚伟和默默我的行程,本意只是礼节性的问候。不曾料想的是,我的行程因此被打乱了,两位兄长不但将我拦截下来,而且俨然以西双版纳主人身份自居,不到半个小时的工夫,几个电话打出去,就安排下了几场酒席。当然,这几场酒席后来都没有兑现,原因是在第一场酒席开始之前,我们到彭哲兄的无味堂茶坊去喝茶,李亚伟对普洱茶有着信徒般的狂热并对其有深入的研究,与彭哲很快就找到了共同关心的类似于炒作与反炒作这样的话题。默默不然,他对普洱茶兴趣不大,而且一落座,嘴巴里就不停地发出"噗、噗、噗……"的声音,胸腔里仿佛有几十股乱窜的真气需要对外排放,如果不排放,他的身体立即就会爆炸。剧情由此偏离了酒席,茶桌上一位沉默寡言的拉祜族茶人很严肃地告诉默默，因为大量饮酒和暴食，他的胃彻底坏掉了。不听默默狡辩，强行地就把他架上了停在茶坊外的皮卡车，一定要带他去见一位拉祜族名医。李亚伟继续与彭哲谈茶，我也上了皮卡，任由拉祜兄弟拉着我们，过南糯山，穿过勐海县城，朝着那达勐水库所在密林挺进。

布朗族文化中佛陀疏通的澜沧大江啸傲南去，但这古老的文明还来不及将人工在群山的胸腹间构筑巨堤，继而汇聚起一片圣湖的奇迹纳入神灵创世的伟大谱系之中。那达勐水库具有了传说中的哺乳万物与天外之美的双重品质，却是现在进行的，眼前的，那翡翠般的，天镜似的水面，以及它四周海拔1500米青峰之间葳蕤的森林，一眼望去，你可能会将其归类为天地人神宏大叙事场景中横空出世的一幕。可它所牵涉的布朗和拉祜村寨、植物、动物，乃至普世美学是如此的密集而系统，只要你愿意像梭罗、利奥波德和奥利维娅·莱恩那样倾身于它，把时间交给它，认真地去书写它，它无疑又存在着揭示"神灵藏身之处"的无数本《瓦尔登湖》《沙郡年鉴》《沿河行》等不朽之作。至关重要的是，在工业文明与全球化文化价值体系天火与大洪水一样横扫世界的今天，在这降临时间有限的水库边上，原住民族信奉的古老神灵没有因为文化暴力的洗劫而失位，它们在泛黄的经书里矗立着，又能在另外的文字书写的经文中找到自己的神龛。

皮卡车停在水库边一个道班破败的小院里，拉祜兄弟跳下车就站在院子里高喊着医生的名字。院子给人的印象已经空了，各种小型的道路维修机械大多数有了锈迹，办公室和宿舍楼均看不见人影，但院子里辟出的几块菜地有明显的浇种迹象。几只母鸡大摇大摆地在菜地里觅找着食物，宿舍楼走廊的铁丝上，挂着几块条状的新腌制的牛肉，上面沾满了花椒壳和辣椒粉。在拉祜兄弟喊了10声左右名医的名字之后，宿舍楼的一间房门才迟缓地打开，伸出一颗中年男人灰发凌乱的头颅，有些惊诧地用拉祜语与我们打招呼。这位拉祜名医的顾客明显不多，借用做诊所的房间里，柜子上的泡酒、地面上杂乱地堆放着的药材、切捣药材的刀刃与案板上，都积了一层灰尘。那些堆放在地上的药材，我能辨出的只有当归和土沉香等普通的几种，它们未经分类和前期处理，应该是从野外挖来，在门外的阳光下晒干之后便原样移置到屋内，相当于杂木林里找来生火做饭的柴火。名医几乎没有说话，听了拉祜兄弟说明来意及对默默病情的简单介绍，只是确认了一下谁是默默，便从那一堆药材里翻找着一些根、茎、叶，蹲在地上，就开始切碎、配伍、打包，不到半个小时，就将10多包用旧报纸包好的胃药递到了默默的手上。而且特别告知默默，煎服期间没有任何禁忌，甚至可以早上服药下午喝酒。

默默后来是否煎服了那一批胃药我不得而知，但其吐泡泡似的胃病症状倒是再没有出现。驱车返程时，坐在副驾驶位置上的默默，怀里抱着那十几包草药，一脸凝重的神色，不无担忧地问拉祜兄弟："一边服药，还可以一边喝酒，妈的，这药也能吃？"拉祜兄弟对这样无知的提问很不高兴，猛踩了一脚油门，让皮卡车在乡村公路上产生了一阵剧烈颠簸之后，这才把头偏向默默："拉祜人杀虎、喝酒，生病了吃的就是这种药，一样地长命百岁，你以为我们吃的是你们吃的那些西药？"默默自觉没趣，掉过头，带着讨好与商量的双重口气对我说："平阳，既然我们已经来到了山里，是不是找一家有土鸡的餐馆，好好地炖上一只，再把亚伟喊来，我们兄弟好好喝上几杯？"默默嗜土鸡如命，这个我是知道的，但怀抱着一大堆拉祜人的草药，仍然心系土鸡，而且还要喝上几杯，这确实还是让我始料未及。拉祜名医的话他未必听到心里去了，我相信这只是一个饕餮之徒的本性使然。

李亚伟从景洪城彭哲兄的茶桌上赶到勐海城外的一座山丘上时，落日还在更远处的群峰之上徘徊，霞光点燃白云，万物围坐在菩萨的篝火旁边。哈尼山庄灶台上炖着的土鸡刚好熟透，就看见他抱着几瓶郎酒闯进了院内，浑身闪着金光，嘴巴里嚷着："格老子，好香的土鸡哟……"他的身后，跟着西双版纳著名年轻茶人郑旺强。好山，好水，好友，好酒，好食，落日楼头，火烧云下，默默一路上吐着的"噗，噗，噗……"的声音一下子就停止了，脸上的笑容三分明亮七分妖娆，仿佛皮肤下藏着的黄金液体，一层接一层地向外翻卷，立起身来，伸手就去接李亚伟手上的郎酒。拉祜兄弟见状，飞身隔在他们中间，一脸坏笑地对李亚伟说，默默今晚不能喝酒，必须喝药汤。李亚伟不知道访医实情，伸长了脖子，绕过拉祜兄弟，问默默："默默、你不能喝？"没等默默回答，又说："那你只能看着我们喝了！"默默一把将夹在中间的拉祜兄弟推开，菩萨脸笑得花瓣纷飞，伸手就从李亚伟手里夺过一瓶酒："喝啊，怎么能不喝！"话音欢快而决绝。

菜肴上桌，除了土鸡和常规的麂子干巴、牛汤锅、炒冬瓜猪肉等几样外，还有形形色色的十多种山茅野菜。李亚伟喝三口酒才吃一口菜，默默吃三口菜才喝一口酒，我的食量不如默默，酒量小于李亚伟，喝一口酒就得吃一口菜，三个人与郑旺强和拉祜兄弟一起，吃相各异，但又满心欢喜地对着落日就是一阵狂嚼海喝，先还举杯送落日，喝着喝着，不知落日什么时候熄灭了，也不知一轮明月已经高悬在勐宋山与南糯山之间的峡谷上空。其间，郑旺强还从手机上找出了李亚伟的诗歌《酒中的窗户》，结结巴巴地读了一段：

山外的酒杯已经变小
我看到大雁裁剪了天空

酒与瞌睡又连成一片
上面有人行驶着白帆

是的，酒与瞌睡又连成了一片。最后，我们几个都在山风吹拂的哈尼山庄里沉沉睡去。

四

这次进布朗山，我没有提前告诉李亚伟和默默，在上山途中偶遇李亚伟令我十分意外和惊喜。

"哈哈，雷平阳！"李亚伟夹着纸烟的右手抬起来指着我，眼镜片后面的双眼闪着光，一脸的不相信事实的表情。听见他喊我的名字，被堵下来的车辆上很快跳下来了郑旺强，以及老班章村的哈尼茶人刘云成和老曼娥村的布朗茶人岩罗儿。我最早进入布朗山区是20世纪90年代末期，之后又数次重访，旁观了布朗山普洱茶特别是老班章、老曼娥一带的茶叶由无人问津到迅速步上神坛的全过程。在我成摞的笔记本中，找出当年记录布朗山行程的那一册，尚能找到这样的记录：刘云成，哈尼族，老班章村第二村民小组，家有茶园40亩，产量400公斤左右；岩罗儿，布朗族，老曼娥村村长，家有古茶园50亩，产量800公斤左右,另有小树茶园70亩,产量600公斤,从2007年开始给"臻味号"茶厂制作原料茶……这样的数据,记录时是如此的枯燥乏味,可是到了今天,将它们纳入2005年左右开始缔造的"老班章神话"的宏大体系之中去考察,而且当你知道了老班章茶叶在其间经历了由几十元一公斤上升到两万元左右一公斤这样的价格飞升的事实,你肯定就不会对这些枯燥的、数量很小的数据无动于衷。特别是当数据的拥有者一度消失在数据后面,现在又突然出现在你的面前,当年的竹楼主人现在住在别墅里,当年走路入山耕种的人现在开着豪华越野车,你肯定难以将昨天的他们与今天的他们合二为一,而本质上他们又的确是同样的那一批人。在崭新的神话话语体系中,由于一张张他们称之为"苦叶子"的茶菁缘其自身非凡的品质而被发现,被举荐为时代的奢侈品,人们在对其梦寐以求的同时总是会因为愿望的难以实现,或因为梦想的代价超出了自己的心理承受能力,进而对奢侈品本身和奢侈品的持有者进行偏执的、主观的评判。对老班章普洱茶,坊间议论大抵如此:

1. 茶叶里的皇帝,用叶片、味道和汤水充分展示了植物至高无上的傲视人类的威仪与霸权,茶叶政治与茶叶思想的完美结合体。

2. 遗存在茶文化源头上的,现在又魂兮归来的茶国之君,具有肃清歧路文明与修正时代恶俗审美的合法身份,其莫大之功在于让茶叶重返茶叶自身。

3. 一切皆是梦幻泡影,老班章茶、易武茶、冰岛茶……它们都是唯心的,得茶之真味者,一泡不入流的茶亦可超越拍卖价几十万元的老班章。

4. 刚猛、奇崛、异香,正好用来洗涤浮华时代的一根根肥肠,正好用来镇静狂躁人生的虚妄与焦虑。

凡此种种,少有人从地理学、植物学和茶叶学的角度去论述,而且这些互相矛盾的结论不是产生于针锋相对的论辩现场,它们极有可能产生于同一个人在不同场合的发言。这"同一个人"现在已经演变成一个庞大的群体,疯狂的、自我肯定又自我否决的群体。这个群体在他们需要彰显自己的身份并急需老班章茶作为支撑的时候,是老班章茶忠诚的赕佛者,如果作为时代之病的批判者、仇视所有显贵与显学的反抗者,他们又热衷于道德绑架,热衷于指鹿为马和偷天换日。因此,老班章茶一直处在了山呼万岁和沸反盈天的风口浪尖上,人们在沸反盈天的声浪中,自然也就会对老班章乃至整座布朗山以及所有名茶山的人进行统一的诟病,一次次将刘云成、岩罗儿、郑旺强这样的茶人推上私设的审判庭。2007年,普洱茶刚刚从隐身滇土的困局中破茧,却又遭遇到市场扼杀之时,我在写作《八山记》时曾对着口诛笔伐的媒体大军一再反问:"茶叶文明源头上无比环保的普洱茶何罪之有?世世代代苦守在茶树底下以茶活命的布朗人哈尼人拉祜人为什么连富裕的人权也要被剥夺？小叶种的绿茶精品可以价格高不可攀，为什么上千年的茶树上生长的叶菁制成的极品普洱茶必须委身尘土？环保之罪是一种什么罪？……"也就是那个时候，儿子4岁，有着未被破坏的味觉与味蕾，我泡了一款老班章茶给他喝，笑嘻嘻地对他说："用10个字说出这款茶叶的特点！"他端起茶杯，小心翼翼地喝了一口，装出品鉴的样子，一脸天真地对我说："10个字太多了，我只有两个字——苦，香。"时至今日，这仍然是我遇上过的对老班章茶最简单也最准确的评价，他说出了可供过度阐述的唯一本质。那一天，道路畅通后，与李亚伟、郑旺强、刘云成、岩罗儿等人结伴前往郑旺强那片老班章之巅三垛山上的1860亩古茶园时，郑旺强言及要请我和李亚伟给他的茶坊题字，我仍然说，本来可以从佛学的角度题写"空深"或者"空苦"，可我还是只想题写"苦香"二字。

李亚伟和郑旺强一行，这次不是前来山中纵酒的。布朗山的初冬，秋茶已经售光或入库，一批批来自各地的茶商与茶人也已经从茶坊里、茶树下和山道上悉数撤走，各种谈茶和议价的外省口音消失了，山野间出现了一年之中难得的寂静。李亚伟说，他们这是出来探望空山，顺便再爬一次三垛山，到山顶上去静坐，泡一壶茶，用一天时间不带半点儿机心地眺望一下老班章四周的一个个云朵下的村寨，村寨之间的山峰、峡谷和坡地上的茶园。我上布朗山的本意是重访12年前拜访过的勐昂缅寺大佛爷都言坎和章家村抱经塔教职高至西滴天的静修和尚岩坎谈，意欲从他们那儿获知一轮甲子之中，和尚眼里的茶山与人世出现了什么变幻。空门永远开着，14000卷佛经里神灯不灭，一座座缅寺里又新塑了巨大的佛像或又在烟火供养的佛身上敬绘了金粉，无处不在的法眼不会看不到信徒的喜悦和异教徒的背离，当然也不会忽视原始宗教中众神统治的山野上更迭不休的诸多幻象。神的消息令人着迷，可李亚伟他们出行的目的也吸引着我，稍做权衡，我推迟了访问，加入他们的行列中，对登高之后俯观自己数次进入且刚刚又访问过的老班章村心怀别样的期待，对能够登临三垛山顶体认老班章的"高度"更是倍感莫名的快活。

尽管是老班章及整座布朗山的众山之首，但三垛山是匿名的，我视此"匿名"为在野，大隐，无形，不需要以名行世，安之若素于鲜为人知的处境中便是山的本质，亦是山之于人的态度。当然，只要我告诉你勐海茶厂的班章茶园基地就藏身在三垛山上，被消费者狂热推崇的茶中天价极品"2000年班章珍藏青饼"（人称"大白菜序列"）和"2003年班章六星孔雀青饼"（人称"六星班章"）两款茶的原料就取之于那里，你一定会对三垛山的"匿名"产生特殊的想象与好奇。我无心妄议上述两款勐海茶厂生产的普洱茶在市场上已经被定价为近

2000万元一件20多万元一饼是否具有合理性，市场的供求关系所呈现出来的奇观与异象就连皇帝也决定不了，除了交易的双方，其他人全部是旁观者。赞叹，惊诧，忌妒，诅咒，愤怒，说风凉话，恨自己没有这样的交易品进而摇身一变充当价格法官，以普洱茶专家自居对交易事件进行吹捧或否定，因交易的发生而看见了黄金建造的金字塔从而昧着良知炮制仿制品，对普洱茶所能带来的财富神话有了充分认识之后决定囤积班章茶，因为这两茶款是天价茶从而产生了疯狂的品饮念头，用其他茶品与两款茶进行比较并得出好或坏黑与白的结论……一切衍生的言行都阻止不了一场场交易的发生，相反只会催生新一轮神话的诞生。惊心动魄的戏剧之所以能将观众带入其中，就因为剧情既触及了观众的生活与精神现实，又让观众在此刻一点儿也不知道接下来会发生什么。勐海茶厂作为普洱茶世界崛起和发展进程中的事实性圣地，其精神品质、历史地位和社会影响力，已经用不着追溯、判定和讨论。优质普洱茶因为时间的陈化而产生的味觉与神学天堂也逐渐被人们所认知，我们的立场与视角也许不应该继续沦陷于因其而涌动的金钱发酵运动，也不应该在接下来的接力赛中永远作为观众而存在，尤其是那些普洱茶体制的高层设计者、茶学家、以茶谋生者和市场维护的有权机构，当务之急或许还在于清洁普洱茶的陈化理论，让科学依据替代江湖言说，彻底铲除老茶仿制密室和营销体系,最大限度地肃清失实的虚假理论的流传与再生,构建地理标识体系下的生产、存储和推广平台,重典监束茶山管理,倾尽全力促进普洱茶制作工艺、存储技术和品饮文化的正面进步。唯其如此,"神话"才不会成为爆炸性新闻,老班章和三垛山、江内"古六大茶山"和"江外新六大茶山",冰岛和昔归这样一些著名茶山才会变成"神话的制作车间",而神话也才会降临在人间,神话中的茶品也才会成为所有目光的焦点并能经受住显微镜、时间和美学的检验,乃至金钱的检验。

在云南,海拔2082米的三垛山算不上高山,但它应该是最难抵达的山峰之一。20世纪90年代末期为了探秘勐海茶厂班章基地,在时任勐海茶厂厂长阮殿蓉女士、时任勐海县广电局局长段金华先生的引导下,先是乘车近一天时间才到达布朗山乡政府所在的勐昂,借宿一夜,然后又才步行,穿越人烟稀少的高山雨林,过老曼娥,再行,又是整整的一天时间之后,方才抵达勐海茶厂那班章山坳中的基地初制所。密林中的、天外的老曼娥和老班章,那个时候是人们闻所未闻的娑婆世界的角落,是勐海县地图上被封闭也自闭的极边部落,我相信即便是那几位定制了"2000年班章珍藏青饼"和"2003年班章六星孔雀青饼"的茶商,他们也未必只身前往过如此貌似永恒之地的隐秘所在。老曼娥的瓦拉迦檀曼峨高古寺,口嚼槟榔潜行于林中的拉祜人,老班章旁边"汉人的头颅滚落"的山冈,因为道路的缺失和山谷的割裂,它们均属于未知,属于云霞里的秘密。所以,当我出现在那儿,我觉得自己仍然就像元代前往柬埔寨并写下《真腊风土记》一书的浙江温州人周达观。他书中的三教、人物、语言、死亡、耕种、草木、鸟兽、异事、村落、服饰……仍然鲜活地铺展在腐殖土形成的大地上。村寨、族群和文化,仿佛在其创世和英雄史诗中凝固了,定型了,久历时光也不曾创造出新的世界和新的时间。每一个人,只要他愿意,在任何一棵树下,任何一条草径上,任何一座缅寺中,他一个转身,就可以回到文化的源头,就可以在众多的亡魂中找到自己的祖先,嘀嘀嗒嗒的现代人的钟表到了那儿就会停止转动。奇妙的是,随着工商文明的猛烈渗透、公路的伸入、马悠博士的到来和普洱茶价格的拔地而起,20年后,也就是一个人的短暂生命足以证明的一瞬,群山摇身一变就成了一列列高速列车,一眨眼就驶过了叭岩冷用热血浇灌过的土地。为此,驱车至三垛山脚,登至峰顶,几个人坐在香樟树下,我问李亚伟:"山峦一如从前,你能想象抽掉这些发白的、飘带似的公路之后,你坐在这儿,你该如何去描述布朗山的形象?"

"我不想象,公路的出现是必然的。"李亚伟冷冷地回应我,"如果布朗山还是你最初到来时的情状,也许我也就无缘坐在三垛山上,无缘体会到西双版纳带给你的欢乐与叹息,最重要的是也许我仍然在喝着绿茶而对普洱茶一无所知。"

"让我惊奇的是，在普洱茶界，文化宣传中首选的是易武、倚邦、蛮砖、莽枝、革登和基诺六座江内古茶山，作为诗人，你本该守候在江内，为什么如此蛮横不讲理地一入茶山就来到了三垛山一带？"我的提问是经验性的，同时也想试探一下李亚伟直奔老班章是否有着盲从的一面。

"嘿嘿，"李亚伟狡黠一笑，"我当然尊重文化，可我还信仰味觉和芳香的宗教。当然，来这儿，原因还是认识郑旺强，他把我引到这儿，告诉我这儿有好茶，也有好酒！"

郑旺强对我们的闲聊没什么兴趣，到了三垛山，就把茶园里的工人喊来，视1860亩茶地为领地，又本能地降低身段，钻进茶树林中，与工人们讨论起管理和初制等事项来了。我们坐在山顶，偶尔能听见他高声发布着以"不准"与"只能"为开头的一条条"山规"。

彭哲有一个观点：在西双版纳的普洱茶体系中，布朗山以老班章为代表的茶叶是茶体系里的骨架，是茶之骨。至于原因，海拔、气候、土壤、优质大叶种、无污染，无一不具备。我与李亚伟深有同感。聊到此处时，一起登山的人已经散去，理由是看见一个个村寨上空升起了做饭的炊烟，而我们也渐次趋于无话可说，各自打开外向和内向的目光，四望、垂首、沉默。以电影剧本《屋顶上的轻骑兵》和《布拉格的春天》等闻名于世的法国作家克劳德·卡里埃尔在其随笔集《与脆弱同行》中说过这么一句话:"当我们爬上位阶的顶峰,就再也不能隐藏自己。"天下产茶之山何其多矣,名重一时的茶山亦何其多矣,以三垛山为巅峰的老班章茶山位列其中并成为众山之巅,自然也无法再将自己退回过去,藏身、匿名于时间和文化体系及时代现况之外。可如何才能使之在复杂而庞大的检验体制下面获得人们恒久的信奉?马悠以行动做出了回答,但这答案未必每一个山中茶人都能领会得了。我曾问过门车,为什么不尽快启动普洱茶的品牌升级,单一出售原料的古老做法不仅难以将老班章茶推到应有的高度,而且还给假冒原料的混入留下了巨大的空间。他说受限于人力、技术与文化底蕴,受限于对外部世界的陌生与恐惧。我想他的回应真实地凸显出了他们当前所面临的"狂欢的困境"。郑旺强安排好茶园事项后,又爬到山顶上来,我们一起又议论了这个话题,他的反应没有出现门车的悲观元素,把茶品做好然后销售出去,这种活计他认为根本就不是事情,他说他要做的是坚决杜绝竭泽而渔,力争让一棵棵茶树元气充沛、生机勃勃,身在茶园能够得到精心护理却又仿佛生长于荒山野岭之中。"如果三垛山每一片茶叶都感觉是茶树主动奉献给我的,我能不去精心制作吗?我会担心它们没有市场吗?"太阳落山,晚风吹得茶树和香樟哗哗直响,我们将目光移向暮色中马悠博士维护的天籽山雨林,相约找一个日子一定要去这个"雨林传道士"的墓前敬一杯酒。

下山路上，我对郑旺强说："你无疑是一个找到了自己的道路的人，可现在只是站在道路的起点上……"他说风大，没有听清楚，要我再说一遍。我又说了一遍。

五

门车家的 80 亩古树茶园，分布在老班章至老曼娥的公路旁边。与那些荒坡上稀稀疏疏有着几棵古茶树的丢荒过或间伐过、矮化过的茶园不同，他家的茶园里，一棵棵巨伞似的乔木古茶树排列疏密有致，几百年时间的生长使得它们的枝条不仅苍郁如铁，而且早已突破科学种植范畴内间距与行距的防线，互相勾连在了一起，人在茶树下行走，枝干、残叶和嫩芽将天空遮得一点不剩。除了那些朝向天空与阳光的嫩枝，也就是茶树欣欣向荣的一面，人们在茶树下所能见到的每一根枝干上都长满了青苔，如果人们因为恍惚而忘记了脚底下松软的泥土，给人的第一印象，它们就是青苔试图向着天空蔓延而去的支架，或者说，青苔作为时间的灰尘，它们已经被封锁在时间的内部了，乃是时间的骨头。所谓老茶树，就是说，它们的枝条即使是只有筷子那么粗的一根，你也不知道它是哪一个古老春天的儿孙，而且一位 80 岁的老茶人可能会告诉你，在他童年时期与母亲一起采茶时，这一根枝条已经是这个样子了，它活着、生长着，却一动不动，拒绝变化。变化的，一次次向着明净、清朗的天空生出叶芽的，是古老枝条冠顶之上的另一些枝条。每一棵茶树的体制与伦理，一如哈尼族家庭体系中不朽的体制与伦理：即使是死去了的祖先，他们的灵魂仍然活着，础石或房柱一般存在于所有子孙生命的舞台上，永恒地为面向天空的子孙提供着源源不断的精神给养与肉身支持。没有一个生命会消失，任何有着血缘关系的生命归于寂静之后都会变成不朽的引导子孙的图腾。

饮茶已成为中国人最本能的欲望之一。它不仅仅可以用来合理地否认世界的重量，也可以用来优雅地否认人生的复杂性。从门车家的茶园前往那棵2018年春茶拍卖了几十万元人民币的"老班章茶树王"很近，但我的猎奇心还是被中午的安宁所压制，与其扮演茶叶事件中表象上的超脱者实际上内心又暗藏着一个偷窥者的矛盾角色，我更乐意在茶园中的一块林中空地上坐下来。波兰诗人米沃什有一首著名的诗歌《礼物》，其中有这么两句："这世上没有一样东西我想占有 / 我知道没有一个人值得我羡慕。"我从不怀疑"老班章茶树王"生长出来的叶菁所具有的象征性，可我在经过了20年的茶山游历，对茶叶有了顽固的个体认知之后，已经无比坦然，我无心占有它贵如黄金的一枝一叶，否认世界的重量与否认人生的复杂性，未必需要后天赋予重量的、复杂元素增多的那一批茶叶,甚至未必需要老班章茶叶,南糯山、巴达山、勐宋山、曼糯山上的每一种茶叶都可以。正如从三垛山下来的路上,我又跟郑旺强所谈及的:"你站在了你道路的起点上,之后的旅途中,炮制2000年班章珍藏青饼和2003年班章六星孔雀青饼之类的产品只是一种日常性工作,如何消解产品的神话特质,使之平凡而又端庄地去到尽可能多的消费者的茶案上,也许才是最大的课题!"这无关利益空间的割让,也不是借此来反对品饮王国中人造的一个个价格奇观,只是让茶叶归于茶叶,让人在品饮茶水、产生诸多意念之前减少一系列的物质主义猜想,让茶山重归正常的安宁。我见识过的爆炸性炒作何其多矣,时间与茶山现场没建起神圣的纪念碑,倒是丢下了不多的品牌废墟和道德垃圾。而我在此幽灵岛出没的海面上,似乎真正迷上的除了从人们并不关注的茶品中品出它们无限的好处而外,就是一次次地来到茶园里,坐在茶树下或林中空地上。我知道没有一棵茶树属于我,我也不可能长久拥有成为一棵茶树那样的菩萨心,靠近它们,至少在靠近的那一个个瞬间,我觉得自己如获寄托,自己将自己托孤给了它们。门车家的茶园,外面的公路上不时有越野车驶过,也有人停下车,到茶园里赞叹,拍照,或像我一样坐下,或采几个芽尖放在嘴巴里清嚼,或寻找茶树上寄生的石斛,还有一个河南口音的人坐到了我的旁边,问我是不是这片茶园的主人，我说是的，此刻我是这片茶园的主人。

从门车家的茶园去天籽山只有几公里路程，过了天籽山，有一座荒丘上矗立着布朗人的几座金色佛塔。没有和尚住持，平时也很少有人光临，刘云成告诉我那儿是布朗人的灵魂去往天国的出发之地，而且那些灵魂在出发之前，一般都会回头望一望四周的茶山。我多次从荒丘下路过，至今没有深入，一直担心自己一旦去了，就会打扰到那些灵魂的安宁。当然，在门车家的茶园，还可以看见老班章高大的寨门，那儿居住着哈尼人神通广大的神灵。它们是隐形的，入寨或出寨，每一个人都得接受它们的检阅与审判。

09

忙糯的香炉

一

从两个名叫杨德渊和铜金的和尚说起。

杨德渊是重庆酉阳人，但从小生活在大理鸡足山并出家，成了清政府定为"邪教"的鸡足山大乘教（又称张保太大乘教，系景东人张保太所创立）的信徒。此教将儒释道"三教合一"，供奉无极圣祖、玉皇大帝和弥勒佛。教义中明示，只要入教修行，将来便可成佛升天，不受阴司苦累。而且它明确反抗清政府，倡导教徒抗暴举事。经过几十年经营，形成了以滇、黔、川为中心，势力抵达湖广、陕甘、山西、河南、安徽、两广和江南诸省的庞大教会组织。乾隆十一年（1746年），由于教案频发，云贵总督兼贵州巡抚张广泗采用"设间卧底"策略，利用4月15日大乘教做火官会期之机，将贵州大乘教主魏王氏等全部抓捕。随后，又趁势抓捕了云南大乘教主张晓（张保太义子，乾隆六年张保太死于狱中，继承教主位）和四川大乘教主刘奇及上千名大乘教和尚。罪责轻微的和尚则予以遣散，逐出庙堂——杨德渊就是被遣和尚中的一员。

杨德渊离开鸡足山后，先是去了缅甸，住在木邦，苦心

"改良"大乘教，初步确立了"五佛五经"体系和"村落·佛区·中心佛房"三级政治系统，盼望着有朝一日自己也能创立一个政教合一的政权，继续反清抗清。乾隆二十七年（1762年），缅甸雍籍牙王朝在缅王莽继觉盲目指挥下，意在彻底推翻对清政府的内附纳贡格局，派兵进入云南九龙江和滚弄江的耿马、孟定、车里等地，征收花马礼贡赋，挑起了历史上持续时间长达8年之久的"花马礼战争"。战争在1770年7月以议和为结局，缅甸按照旧制重新对清称臣纳贡，清政府同意重开双方边境贸易。但在作为旁观者的杨德渊看来，清政府宣传的"十全武功"纯属天方夜谭，他所在的木邦城，1767年12月两度易主，清军参赞大臣珠鲁讷因为守城无望而自杀身亡，两位总兵胡大猷和胡邦祐相继战死，但还是得而复失，在战争中根本无法从对方身上讨到半点便宜。因此，战争一停，他便一袭黄袍，只身来到了澜沧江西岸倮黑大山中的忙糯传播他改良过的大乘教。由于他劝人向善，举止善良，仪表若仙，拉祜人很快归化，称他为"改心和尚"，或称其"佛祖帕"，与创世天神厄莎齐名。而他也就借此在不少拉祜寨建起了佛房，初步搭建起了他政教合一的政权雏形。乾隆五十五年（1790年），杨德渊前往澜沧县南栅村创建中心佛房，培养出了300多名大乘教弟子，其中最著名的四个弟子分别是：铜登、铜渭、铜碑和铜金。他们把教区或说势力范围从倮黑大山扩大到了大理、普洱、顺宁和缅甸，特别是在双江、澜沧建起了中心佛房50多个，村寨佛房500多个，并成为以佛房为中心的政教合一的政治体系的领导者。而且，经过杨德渊的进一步改良，大乘教不再是传统的佛教，教义中明确指出，修行核心乃是在佛祖的带领下反抗清朝廷的严苛统治和土司领主制的层层盘剥与欺凌。

杨德渊死后，其衣钵传给了铜金，铜金成了南栅佛房以及澜沧江两岸所有佛房的"领导者"和"佛王"。他在坝卡建起的中心佛房，四周有营盘、深壕和几层木栅，可以号令50余寨上万人众。同时他还控制了募莱银厂、景谷盐矿和粮食交易，所做的买卖关乎几十万人的生死，不仅是澜沧江两岸的宗教领袖，还是富甲一方的巨贾。杨德渊构想中的"村落·佛区·中心佛房"三级政治系统或佛王体制，在他手上落到了实处。

铜登，汉族，俗名张辅国，真正的1799年拉祜族起义领导人。他组织的一个佛教仪典，就为起义提供了5万多战士。

二

往深涧里走，失重感愈来愈明显，但人也会惊奇地发现，云雾线之下，我们视为深渊的地方同样有阳光照耀，坡地、溪水、草木各守其法度，万物的秩常和状态与云雾线之上没有什么区别。反而觉得，因为没有了群山的一座座顶峰和巨大的天幕作为背景，数丈高的松树和香樟，齐腰的灌木和横向生长的藤蔓，遽然变得亲切起来，就像是多年来自己身边长久相处的那群人。晨雾散尽，留在树梢和土丘上的青烟先是团状的，继而丝丝缕缕，慢慢地就没有了踪影。真实的事物尽数显现，不像瑞典诗人特朗斯特罗姆所说的"从梦中往外跳伞"，更像是王维《送梓州李使君》诗中所写的"万壑树参天，千山响杜鹃"——所有的事物原地不动，却仿佛经历了一场死亡与复活的旅行后终于回到了自身，又以自身公然面世。

路不好走——和所有山中下坡路一样——泥泞、弯道、向下的冲力，让人感到不是自己在走，而是在替别人向自己转嫁重负。但我们只是下到半山，并没有去往深涧的谷底，当一个名叫"下滚岗"的寨子出现在山脊上，我们几乎是在一条平行的曲线上向着寨子挪移，不费什么大的气力。走到一片松树林边上，与我同行的忙糯乡副乡长、武装部长周云指着不远处两幢相依的房屋说："门顶上画着金葫芦的那两间房子就是孔金木家，10多分钟就能走到。"阳光把金葫芦照得金光闪闪，旧一点的那座房屋前有位女子在弯腰做着什么，新修的这座房前还有几个男人在铲土，用沙土车把建筑垃圾运到箐边倒掉。周云与孔金木打过交道，放声一喊，孔金木举着铁锹在空中朝着我们晃了几下，噢噢噢地回应了几声。见了面，简单寒暄后，我们围着室外的一张木桌坐下,10米外的松树林和山涧对面种满茶树的山梁尽收眼底,一杯"滚岗茶"入腹,惬意很快就取代了山中行路的疲累。我没有问询孔金木的年纪,大抵就在35岁上下吧,黑脸、浓发、大眼、挺立的大鼻子,壮实的身躯1.7米左右,穿着印有FUTURA字样的灰T恤和一条灰黑色牛仔裤,脚上是一双风格时尚的胶鞋,站着或坐着,他都像一个包浆的旧木雕像。我们的话题是从旧房与新房之间搭设了采摘竹架的那三棵古茶树开始的。

我:这三棵茶树,应该不是你们建房子时才种下的吧?

孔金木:哈哈哈,你开玩笑啊,我的父亲小的时候它们差不多就是这个样子了。

我:知道确切的年份吗?

孔金木:不知道,也没有知道的必要。

我:唉,知道年份,万一它们已经有1000年,它们就是茶王树,就会有人找着来买茶了。

孔金木:你又说笑了,我们拉祜人不做这种自己也没把握的事,不知道就是不知道,假装知道心里不踏实。而且现在也有人从远处跑来买我的茶叶。

我:多少钱一公斤?我说的是这三棵古茶。

孔金木:第一拨春茶我不乱采,只有5公斤左右,2000元一公斤。另外,我家还有10多亩古茶园和6亩新茶园,都是混采，有700公斤左右，460元一公斤。有些客户要买单株茶，那就2000元左右一公斤。

我：你是什么时候开始做茶的？

孔金木：祖祖辈辈做茶，我从小就到后来由著名茶人杨加龙收购掉的龙头山茶叶初制所去打工了，是闻着茶香长大的（他一边说，一边抬手指了指对面山梁上的厂房）。

我：你正在加盖的房子是初制所吧？

孔金木：你不是已经看过了吗，哈哈。这是我2016年开始建的胜丰茶业初制所，去年又买了杀青、揉捻、理条、微凋等机械设备，投入6万多元，想认真地去做，"滚岗茶"还有很大的提升空间，不管是质量还是价格。

我：买了机械设备，你不会把这三棵古树茶也用机械加工吧？

孔金木：不会，不会的。你们汉家人说的，手工和机械加工一起做，我当然不会丢掉手工的，只会继续学习，让自己的手艺更好，做出更好的手工茶。但滚岗茶叶多，据说有4000多亩，其中有一半是新茶园，我也想试着做做代加工之类的活计。

滚岗村分上滚岗和下滚岗两个自然村。滚岗的原名据说是"滚肝"，对应的是帕扎山的"称肝梁子"，与拉祜族人清代三次起义中的一位英雄人物有关。传说某次起义军首领石三百早手下有一位有勇有谋的大将军名叫石大人，是"拉祜族二大王"，能在山涧绝壁间行走如飞，捕猎暗器、封喉毒箭、梭镖、飞镖用得出神入化，而且多次以计谋化解危局，将庞大的清兵拒之于倮黑大山之外。后来，清兵认为拉祜族之所以屡次克己而胜，乃是因为他们的将领姓铁，"铁"要用"炉火"攻之方能制胜。清兵于是找来了一个姓陆的军师，一边装扮成外乡人进入拉祜山寨摸底，另一方面针对拉祜女子喜欢绣花的传统，让大量穿汉服的女子带着美丽的丝线前去兜售，且告诉拉祜女子，不收钱银，只需要用弓弩上的弩牙来换，把拉祜勇士弓弩上的弩牙全换走了。一场大战再次展开，面对上万清兵，没有了弓弩可用的拉祜人溃败了，石三百早逃亡泰国，铁大人则在忙糯佛堂被清兵活捉。他们把铁大人绑到帕扎山，剖开铁大人的腹腔，掏出心肝放在秤上去称，只想知道铁大人的心肝是不是比普通人重很多。重量还没有称出来，铁大人的心脏剧烈地跳了起来，肝脏滚出秤盘，向着山下滚去。称肝的地方，拉祜人称为"称肝梁子"，肝脏滚过的地方则叫作"滚肝"，每年特定的日子，都会前往祭奠。

我问孔金木，听过这个传说吗？他说传说太多了，像茶树叶子一样多。移走木桌上的茶具，摆上桌面的是凉拌酸肉、腊肉炖土鸡、香肠、小炒豆腐和一盆清水煮的不知名的野菜汤（不知其名就不知其名，我没有问）。就着它们，我吃了三碗米饭，比平时多了两碗。重点介绍一下酸肉：猪头肉去骨，用火将皮烧黄，刮净，以食盐和花椒等众佐料搓揉，放于坛中密封半月左右，取出煮熟，切片，凉拌或打蘸水食用。在食用酸肉的过程中，我觉得自己在把筷子反复伸到古人（石三百早或铁大人，李白或者杜甫）的餐桌上去夹菜，并夹起了它，津津有味地吃了下去。

三

一支抗暴者的队伍，在1799至1903年之间的104年内三次揭竿而起，他们和他们的子孙不会不知道死亡与失败的结局——清政府和傣族土司府的强大对拉祜这样的少小民族来说，他们的武装起义无异于梦中杀虎，但同样性质的赴死事件还是发生了三次。由此，从神话学和诗歌美学的角度来审察这一现象，我更倾向于把三支起义军当成同一批人：他们失败了，他们的灵魂又暴动了两回。而在有限的史料中提及的第一支起义军首领李文明和李小虎、第二支起义军首领张秉权和张登发、第三支起义军首领张朝文、李三民和罗扎布，我也愿意像拉祜人传说中删繁就简的说法那样，把他们7个人拼合成一个人，统称为"石三百早"，同时把三次起义也拼合成一次。

这样一来，在我们能够想到却未必启用的统计学中，起义军的亡命人数就会大为减少——将不少的死亡归类于重复和轮回，我们可以从中获得一种来自时间深宫的谅解，并因为遗忘和修辞的效果而得到某种消极的安慰。

62岁的滚岗村老支书陶佳荣，很神秘地对我说："在鹰边箐，就像在鹰的翅膀边，听得见鬼说话的声音。"一边大笑，一边又补充道："向着箐底大声喊叫，对面会有回应——仿佛云雾中海拔2000多米的山上真有一群人，随时在等着我们喊他们，并与我们交流。"滚岗有16个村民小组，拉祜和汉族各占一半，而这8个汉族村民小组都是在三次拉祜族起义失败后从外地迁入的，在原有的拉祜人开辟的小面积茶园基础上，他们在民国时期将滚岗的茶园面积扩大到了几百亩。之后，从1958年开始到现在，茶园面积扩大到了4000多亩，产量200多吨。1975年设初制所以来，因为滚岗茶有着汤液饱满、厚重、滋味丰富、生津持久、兰花香浓郁等特点，一直是凤庆茶厂、下关茶厂和昆明茶厂的原料基地之一。茶园管理方面，茶农已经养成了不打农药、每年修剪和6月与12月分别进行薅草的良好习惯，茶园生态日趋静美使之成为拉祜人现实生活中的伊甸园——牡缅密缅。每一棵本该挺立在滚岗高坡上的茶树，终于找到了它们生根的沃土，就好像那些远去的拉祜人又回到了故园。初制所由一所增加到60余所，其中光甲合作社年产40吨，是澜沧古茶厂的原料供给者，忠兴合作社年产5至6吨，扎瓦阿发年产3至4吨，经由他们的手，滚岗茶叶正以自己厚重、端庄的气质出现在天南地北的茶桌上。"常有韩国人、美国人来到滚岗，我们就杀只鸡，煮点腊肉，炒盘青菜，招呼他们吃顿饭。有人带走茶叶，有人牢牢地记住了滚岗！"陶佳荣领我来到忠兴茶叶合作社后山上的凉亭，他对着风说话，惊醒了凉亭长椅上熟睡的一个中年男人。中年男人对忙糯地方史很有研究，从长椅上翻身坐起，点上一支烟，示意我坐下，兴致勃勃地聊了起来，风不时将他的烟灰吹到我的脸上。山腰上道路两边粗壮、鲜活的油菜正在开花，香气在风中形成旋涡，我的心看见了但眼睛没有看见。

忙糯，傣语。"忙"，寨子；"糯"，水塘。忙糯，意为"有水塘的寨子"。在中年男人的讲述中，忙糯就像一块飞来飞去的土地，它曾经从勐勐傣族土司辖区划归缅宁（今临沧），又从缅宁划归镇边（今澜沧），直到1927年设双江县才停止飞行，成为双江县固定的一部分。地名也由忙糯改为"上改心"，并在114年后又恢复原名。属地与地名的改变——每一块土地均如此——从来都意味着人世的动荡和各种债务的转嫁，意味着规训和征服，这场变替过程中隐藏着的三次拉祜族起义，是时间宫殿中的小事，但对忙糯乡而言，陌生的中年男人对我说——这约等于一块巨石在一头老虎身上滚过了三次。"为什么忙糯乡的古茶树不多？"他自问自答："战火改变了一切。"

四

傣历 1228 年至 1249 年，即 1866 年至 1887 年，统治双江地区的是勐勐傣族第二十二代土司罕翁法（汉名罕光佑）。宋子皋先生的《勐勐土司世系》一书中说："他是历代勐勐土司中的昏官，有德有才之人他不用，用的人都是庸才……不察下情是非不辨，听信谗言是他致命的弱点，为此搅得全勐不得安宁。阳奉阴违倒行逆施是他的特点……"土司制度下，他按照固定税率，每年向下属各圈收取山水银 330 两，钱粮银 240 两，人们不堪重负，民愤越来越大。结果也就很惨烈，特别是当他派人刺杀了忠心耿耿、办事公正，深受人们喜爱的一个大臣"混涛召法"之后，血雨腥风终于再次降临双江：

他派出滚坦阿姆（仆从），

在半路，

把混涛召法刺杀。

土司杀害混俸协纳，

屠刀血淋淋，

弄得勐勐地方人心混乱，

惶惶不可终日。

山区各族百姓，

得知土司杀害混法,

部落头人,

人人愤怒个个不平,

举起刀矛指向罕翁法,

联合攻打勐勐。

勐勐遭战祸,

今日这里枪响,

明日那里弓弩齐发,

反抗的怒潮此起彼伏。

混勐(土司)心惊胆颤,

忧虑不安,

度日如年,

如坐针毡。

在位二十一年,

天年已尽,

于傣历1249(公元1887年),

永离人间。

1887年,勐勐傣族土司罕翁法时代结束,二十三代土司召罕双时代启幕,迎接召罕双的是东北方勐歪拉祜王鲊吾向着勐勐掩杀过来的起义大军。这就是史书中所说的1887年双江拉祜族第二次抗暴起义。对此次起义,包括之前的第一次和之后的第三次起义,我以读书札记的方式进行了扼要概述(资料出自宋子皋著《勐勐土司世系》《双江县志》、罗满英主编《双江拉祜族历史与文化》、香港科技大学副教授马健雄《"边防三老"——清末民初南段滇缅边疆上的国家代理人》及民间传说),现辑录如下。

之一:斩杀与还俗

忙糯乡的黄草林出好茶,民国初年种植的300多亩古茶树,生长于海拔1800米左右的石缝间,周边森林遍布,自然环境优异,产出的茶叶外形叶嫩芽满,冲泡后,有浓郁的蜜香和花香,茶汤含香且饱满柔软,茶气足,茶性沉厚,回甘显著,已成为不少资深茶人的新宠。现在的黄草林分上、下两寨,上寨是汉家人,下寨是拉祜人,但在200年之先,黄草林并没有汉家人,它是忙糯最大的拉祜族聚居地。清嘉庆四年(1799年)九月发动第一次拉祜族起义的首领李文明就是驻扎于此的"拉祜王",他有衙门,还有旁边池塘村的中心佛房作后盾。这一年,因为对勐勐傣族十七代土司罕固法时代领主制之下各种苛派的忍无可忍,拒绝交纳"山水钱粮",便与"佛王"铜登结盟,由铜金号令信众,邀请佤山李小老加盟,迅速组建了一支

5万人以上的起义队伍，举着长刀、提着弓弩、握着长矛，在李文明和李小老的统率下，向北朝着拉祜人做梦也想回去的古老家园牡缅密缅—缅宁（今临翔），向西朝着勐勐（今双江）双向挺进。几天时间，勐勐土司一触即溃，罕固法及家眷逃往缅宁，勐勐被义军攻占，向北的队伍亦直抵雾龙山，直逼缅宁。与此同时，澜沧江东岸景谷的拉祜族人也因"压盐致变"而举事，烧毁盐仓，砸毁盐井，反抗清政府的盐税政策，与李文明、铜金和李小老起义遥相呼应。

边地金戈声惊动了嘉庆皇帝，报上来的军情云山雾罩，仿佛真有天兵正从地平线的那边巨浪般滚滚而来，他便急令云贵总督富纲、甘肃提督乌大经，统领镇剿大军浩浩荡荡地奔赴缅宁和勐勐。但想象中"相看白刃血纷纷"的殊死搏杀和"一将功成万骨枯"的场景并没有出现，穷途末路的举事者无非是一些衣单体弱，对战争的残酷性毫无认知的乌合之众，与镇剿大军刚一碰面，雾龙山和南赛河两个据点很快就土崩瓦解，险关、群山、深箐和原始森林帮不了他们什么大忙，只是延缓了一点点失败的时间。而嘉庆皇帝见到"歼毙贼人无数，割获首级十余颗"等内容的奏报后，也发现了这场"战争"根本值不得大动干戈，事起之初，若能倾心安抚，就不会有大事发生，遂将小题大做的富纲职务免了，另遣书麟接替其职，督办此事。书麟到任，先堵而后剿，很快就进占黄草林、勐勐、坝卡等义军中枢，历时半年时间的起义宣告结束。李文明、李小老被擒斩，铜金和尚及其信徒投降。与他们共同举事的大众，没有被剿杀的纷纷逃散，少部分人回家，大部分人向着澜沧和勐海等地迁徙。

"战争"带来了几个后果：第一，云贵总督富纲被解职后，抑郁成疾，先于李文明、李小老，于1800年1月病死；第二，在《勐勐土司世系》一书中"施政有方"，但被铜金、李文明和李小老视为苛政之源的傣族土司罕固法也于1801年病亡，其子召庄罕继位，"百姓进入衙门，酒肉款待一片情"，开创了短暂而辉煌的"召庄罕时代"；第三，朝廷加强了对倮黑大山的管控，增设哨卡，添驻兵员450名，同时，汉家人进入忙糯、大文、邦丙诸乡，先进的农耕技术、商业观念和文化教育开始熏染这方水土，文明之光乍现。

不少史籍上说，铜金和尚投降后，还俗做了普通人，过上了平常人的日子。事实并非如此，接受他投降，云贵总督书麟开出了条件：澜沧江西岸乃瘴疠之区，而且叛乱的平息只是暂时的，清军无法在此长久驻扎，铜金得以自己的势力制止叛乱，让潜在的叛乱消失。而铜金作为一个汉人，以教反清的目的不是为了复明，他直言，自己愿意还俗，但想名正言顺地当一个朝廷命官，授官职，发官印，统领他以"佛王"之名获取的孟连宣抚司所属的大片土地及其教区。书麟同意，但嘉庆皇帝没有同意。于是，铜金继续一边做着自己的大买卖，一边在澜沧江两岸扩建着自己的中心佛房。他不仅控制了几百万斤销往拉祜人居住区的私盐生意，还把手伸向了一座座银厂，从领地、统治权和经济三个方面将孟连宣抚司逼入了死胡同。更为致命的是，由于得不到朝廷的安抚，其反抗之心复活，并将其宗教权柄和现实意志传袭给了他的儿孙与信徒，即使他于1812年被凌迟示众，斗争的烽烟也没有在倮黑大山及佤山之上消散。铜金，或说张辅国的灵魂一直在澜沧江两岸呼喊。

之二：传说的起源

光绪七年（1881年），还俗和尚铜金（张辅国）的儿子张秉权（拉祜名扎乌），因为无法忍受清政府和勐勐傣族土司对拉祜族人的双重榨压，又动了举事抗暴的念头——率众赶走土官，在圈控构筑营盘，建立了抗暴根据地。同时，在忙糯、大文的各个拉祜寨，他们构建起了以佛房为中心的一个个佛区，佛区首领叫作"太爷"，"太爷"下面又设六个"掌爷"，每个掌爷分管几个村寨，各村寨设"卡些"（头人）。村寨中的青壮年组成三人一组的作战组，由玛巴路（兵头）率领，人人配弩、矛、短刀和100支箭，时刻准备投入战斗。奉命进剿的清军并没有长驱直入，而是在缅宁与勐勐土司属地交界处停下来巡视探察,且两相对峙时间长达6年之久。圈控的土官被逐,第二十三代勐勐傣族土司召罕双本来也有机会以怀柔之策安抚张秉权,但他偏信了勐库新爷召法"不降威仪,以暴抗暴"的进言,"一时横眉竖眼傲气起",调集兵马,宣布与拉祜人对决。

1887年9月,面对清政府冰冷的对峙和勐勐土司傲慢高举的刀戈,张秉权把两个儿子张登发(拉祜名扎鸠)、张征良叫到身边,终于下了起兵的决心,说:"那我们就开始吧。兵分两路,一路攻打缅宁,一路攻打勐勐!"宋子皋先生的《勐勐土司世系》写道,借着召罕双抓捕失职"卡召"贺伴亚之机:

> 拉祜族队伍,
> 趁混乱冲入允养城;
> 官家士卒手持长刀,
> 杀向对方。

另一边,拉祜族队伍亦很快攻占了缅宁打雀山、腊东、昔木、上下宁安等地。至此,光绪皇帝这才下旨,令云贵总督岑毓英率兵督剿,又令大理提督蔡标、顺云协副将陆春分两路跃马夹击,一路直奔勐勐正面迎战;一路进占大蚌江渡口,截断张秉权队伍向着景谷南逃的通道,并以官职和财富招抚景谷圈糯拉祜族头人李先春、李芝隆和石光玉等人，使之率众投诚，拉祜族人心涣散。战局未开，年迈的张秉权已然看见了结局，服毒自尽了，但两个儿子张登发和张征良即使看见了结局也还想让倮黑大山向着天空增高几米——为了公义，宁愿与死神为伴抛尸山巅，他们也不愿缴械投降。他们招募汉人"写字公公"杨定国为军师，在进入倮黑大山的要隘路口构筑营盘，并在缅宁与勐勐交界处的三台坡构筑大营、小营、碉卡30多处为一体的大本营。

十月初四日，负责正面攻击的陆春部队分三路围攻三台坡，步枪与弓弩较量，一天一夜，三台坡失陷，拉祜族队伍伤亡300多人，张登发率众突围至南冗，筑大营三座，决意死守。初七日，陆春部队攻陷南冗，张登发队伍退至忙蚌及大蚌江边，受到了守候已久的清朝廷另一路人马的迎头痛击，走投无路，只能撤转至张秉权苦心经营多年的圈控。清军势如破竹，荡平帕扎、滚岗、远恩、黄草林、北糯诸多营盘，且在两路军汇合后，于十四日攻克安堂山，于十五日将城墙二重、大营数十座的圈控团团围住，破圈控，斩杀100多名拉祜族义军首领。攻城时，清军的克虏伯后膛开花炮连夜轰击，"民众惊惧万分，孺妇老弱哭声达旦"。十六日，张登发退守老家坝卡。十八日，清军破坝卡，杀众兵1000余人，张登发、张征良、杨定国化装成老百姓逃至大青山。

大青山海拔3003米，无边的林海深箐，人迹罕至。一些史料中说，张登发等人乃是化装后方才得以从坝卡脱逃至大青山，但另一些史料中，大青山仿佛又成了张登发部队最后的大本营——陆春动员义军家属进山劝说，竟然有10000多拉祜族战士放下弓弩，从森林中走了出来，返乡做了良民。十一月初三夜，大理提督蔡标亲自督军搜山，张征良、杨定国被俘；初六日，张登发在白岩洞与清兵肉搏后被擒，同时"搜获火药二十余窑，大小枪炮二百数十门"，张登发之子张石保亦被捕。起义告一段落。有史料称，张登发、张石保父子被押到缅宁，"当讯判二黑倮时，跳荡不服，以言语不通，终被枭首"。

"铁大人"的传说源自这次起义，对义军主要将领的身份进行分析，我疑心这一形象就是张登发——在史料中，只有他被描述为"恃其骁勇，格伤数人"的英雄，称"登峰设险，如履平地。其所用之弩重三百斤，官军五六人不能上"。而起义军首领石三百早应该就是张秉权，第一次起义首领和尚铜金的儿子。而且，张秉权也应该是《勐勐土司世系》中所说的拉祜王"鲊吾"。传说中石三百早有很多神秘的住所，来无影去无踪，它们亦疑为圈控、南凫、坝卡和黄草林等抗暴斗争基地。至于张登发最后被擒的大青山白岩洞，与忙糯佛堂（池塘龙潭）有着同样的精神高度，是拉祜族人摆放香炉的地方。

之三：孙辈的歌谣与起义

张登发的两个儿子张石保和张朝文，是跟着他一起逃入大青山的，张石保被擒，张朝文则在他手下一位掌爷的护匿下得以幸存，最终成为16年后也就是1903年拉祜族起义的首领之一。一个贯穿三次起义的牺牲者族谱因此而显现：第一次起义首领之一的和尚铜金，以张辅国之名生养了第二次起义的首领张秉权；张秉权生养了同为第二次起义首领的张登发、张征良；张登发生养了张石保与张朝文，张朝文与汉人李三民、拉祜人罗扎布和佤族人鲍岩猛共同领导了拉祜族第三次起义。清朝廷在镇压第一次拉祜族起义时，嘉庆皇帝对云贵总督富纲的草率用兵不满，急调吏部尚书兼正红旗汉军都统书麟赴勐勐救急（书麟也因此在后来成了第四十五任云贵总督）。书麟平息了52寨拉祜族起义，且劝说铜金、铜登两位和尚"悔罪投诚"，没有以法治罪。可从这个牺牲者族谱中能够窥见，铜金和尚即张辅国，在他提出的条件没有得到满足的情况下，其实并没有真心投诚并摁灭起义的火焰，而是在之后生育了一个自倮黑大山中以抗暴起义为使命的火焰家族。

　　站拢来，站拢来，
　　我们大家一齐来；

地主贪官心太狠，

我们难活命；

杀贪官，杀地主，

不杀贪官地主天下难太平。

光绪二十九年，即1903年2月，当这首由张朝文和罗扎布领唱的歌谣，在忙糯乡远恩村李三民家门前的打歌场上响起来的时候，包括细些、东弄等拉祜族寨子里也开始传唱这首歌谣，而且他们以打歌为名，对越聚越多的打歌众人进行军事训练，动员人们喝下"仙人"罗扎布配制的、能让人刀枪不入的"符水"。与此同时，李三民前往沧源县岩帅镇，与佤族"仙人"鲍岩猛合谋，动员其共同举事，得到了对方的积极响应。某一天，细些的拉祜族人在东弄打歌，李三民之子也参加了，结果与当地人发生冲突，拉祜族人借机将前来调解的郑姓间长解往细些斩首，宣布起义开始。他们包围了上改心巡检官署，发兵北上，直逼缅宁。而鲍岩猛也适时率领上万佤族民众，渡过小黑江，向着勐勐城进军。宋子皋先生的《勐勐土司世系》中，拉祜族第二次和第三次被混搭在了一起，场面因此产生了两倍的暴烈与残酷：

混缅的兵马，

所到之处

烈火冲天浓烟滚,

儿哭母喊鸡飞蛋打狗跳墙。

从坝尾到坝头,

从勐勐到勐库,

村村寨寨,

一片火海,

佛寺也难保。

大火熊熊烧,

土司衙门也成灰烬。

....

勐勐城更惨遭劫难,

对方设计欺骗,

如果是自己人,

集中到佛寺,

性命就可保,

不然刀枪不饶人。

人们纷纷涌进洼龙、洼宰,

洼贺允,

三座佛寺全站满了躲难的人。

佤兵杀进城，
放火烧佛寺，
人群往外跑，
屠刀砍下来，
仅洼龙门口，
男女老少三百余，
血泊中倒的倒，
坡坎墙脚靠的靠。
好心肠的佤兵，
看到尸横遍野，
一时手软，
高声喊叫：
傣族同胞，
你们不要再往外边跑，
不然都成刀下鬼。

………………

生活实在无着落，
奄奄一息怎么办？
成群结队去逃荒。

>有的流落到外地,
>
>有的逃到孟艮,
>
>有的落户耿马,
>
>勐允、孟连、景栋、勐养,
>
>到处都有勐勐的逃荒人,
>
>临时搭起茅屋安新家。
>
>有的成村成寨逃到景迈,
>
>有的搬到阿瓦、腊戍,
>
>永久定居在那里。

战争带来的灾难,《勐勐土司世系》中说:"事端祸根在土司一方。"3月15日,佤族队伍攻占勐勐,驱逐汉人和商人,"土司罕华封(召罕双)不能御,弃城而走,勐勐陷,汉夷死者数千人,勐勐全境土署民房缅寺约当三四千所,均遭焚毁,无一存者"。18日,又攻占勐库,"汉夷遭害与勐勐同"。但一场仿佛野火般蔓延的民变,随着缅宁厅通判萧泽春和团绅彭锟的出场,10天左右的时间,便也像暴雨中的野火一样,很快就熄灭了。

3月19日,彭锟仅调集了不到1000人的团练武装,很快就击溃了北上进逼缅宁的拉祜起义军,起义军伤亡数千,罗扎布及骨干20多人被擒斩于三台坡和弯河箐;次日天亮时分,彭锟提兵200人围攻忙糯，张朝文被斩首；继而彭锟、何秀祯马不停蹄，分两路兵马进攻勐勐和勐库，2000团练武装冲入勐勐，李三民、鲍岩猛败走，勐库亦同时被团练武装攻占，拉祜义军撤往小勐峨和邦木一带。25日，拉祜义军和佤军与彭锟的团练武装决战于蛮安、回晓一带，李三民远遁缅甸，鲍岩猛在溃逃途中被雷电击毙，义军四散，起义又以失败告终。坚持了一个多月的起义，义军人数上万，伤亡不知其数，义军首领仅李三民幸存，张朝文、罗扎布、鲍岩猛罹难，但他们仅击杀团练武装队长以上官员5人，伤30多人。

这次"小起义"的后果：第一，勐勐傣族土司被罢黜，3年后去世，勐勐属地划归缅宁厅，彻底改土归流；第二，数十年间，彭锟及其儿子成为双江地区的实际掌权人，大力推广茶叶种植，邦丙、大文、忙糯各乡的古茶树多数也是那时种植的，同时彭氏家族还将勐库茶种推销至省内十余县；第三，又有10寨以上拉祜人外迁，大乘教的影响已经很少了；第四，彭锟带领缅宁团练武装一路向南，过澜沧江，攻破了南栅中心佛堂，摧毁了杨德渊、铜金等苦心经营起来的"五佛五经"政治宗教核心，鸡足山大乘教对倮黑大山和佤山的统治降下大幕。

五

我是在正午时分进入康泰村黄草林自然村的。刚刚经历了一场洪灾，道路上的泥沙尚未消除，几条大沟边的巨石上还残留着断木和藤蔓，洪水掀翻的楠竹和栲树躯干倒伏在沟中，根盘向上翘起，烈日之下散发着袅袅白烟。前两次起义拉祜人最重要的据点之一，黄草林寨没有想象中古战场肃杀或致幻的气氛，山坡、屋顶、绕寨而上的寨中小路，在阳光下显得亮堂、明净，一个个茶叶初制所的红字招牌以及下面嬉戏儿童的笑声，让干燥的空气变得灵动而富有生机。

一片茶地从山顶逶迤而下，申学繁家的双江黄草林福泽茶叶初制所就坐落在茶地下沿的公路边上。申家是黄草林的大家族，祖上是在张秉权起义失败、不少拉祜族人迁走后，率先移居此地的汉家人之一，也是黄草林最先种茶制茶的家族之一。因此，申学繁的爷爷和父亲也是茶人，从小他就在茶园和茶香中认识了藤条茶并掌握了其摘养与制作方法。但由于早些年茶价不好，24岁左右他便前往昆明打工，以制作民族工艺品"讨生活"，直到2015年38岁时他才又回到黄草林，继承了父亲衣钵。我们坐在初制所里，一边饮茶，一边聊着时而起义时而茶事的闲话，他告诉我，黄草林全寨的古茶年产春茶有1.5吨左右，老树茶有25吨，混采小树茶20吨，全部的谷花茶年产

30吨左右。他家没有古树茶，老树茶有300公斤，混采小树茶800多公斤，2022年他制作外销的茶叶有10吨，收入200万元，利润20万元左右。至于茶价，2001年以前一市斤鲜叶只卖1.2元，2019年上升到120元，2022年上升到130元。如果分类统计，2022年的古树原料茶卖1600元一公斤，老树400元一公斤，混采小树200元一公斤，单株古树可以卖到5000元一公斤。表面上冰冷的数字，可以看到20年间黄草林茶山陡然上扬的价格弧线以及普洱茶波澜壮阔的当代画卷。从初制所出来，他领着我在寨子里和茶山上闲逛，行至寨子边上几百棵连片的古茶园中，他告诉我这些茶树种植于民国初年，是寨子里的公有茶树，每年由村民委员会集中采制和销售，收入平分给每户人家。我问他："你为什么不将它们承包过来呢？它们是黄草林古树茶的象征。"他低着头，用脚尖踢着茶树底下的一根枯枝，没有说话——也许这片茶树与他的某段记忆有关，也许，他对共有与私有之间存在着复杂关系心怀畏惧，当然，也有可能是他对这片茶树没有足够的信心：能将它们塑造成冰岛老寨那些古茶树一样的茶中之王的形象吗？谁也不敢保证。

离开黄草林时，又在申学繁家的初制所前站了一会儿，我指了指茶地里那座坟墓，问他墓主是谁。他说是他父亲，名叫申文杰，2018年国庆节那天去世，享年78岁。并说，这片茶地就是他家的，有父亲日日夜夜地守护着。我没来由地想到，1887年10月13日拂晓，清朝的兵马从称肝梁子向下攻打黄草林，小开花炮的炮弹像雷霆一样在眼前的屋顶上不间断地炸开，那场景不知道让多少逃往忙糯的张登发手下兵众连回头一望的勇气都没有，一个个肉身变成了没有灵魂守护的躯壳。申学繁问我："要不要再泡一壶茶喝一会儿？"我回答他："我还要再去一次滚岗（滚肝），收集一下铁大人的传说！"但我没有去滚岗，而是去了大必地。"存木香"茶业有一款限量版的"大必地茶王"古树茶售价近3000元一饼，我得去大必地茶山看看。在徘徊于三次拉祜族起义故地上的这段日子，能让我内心温暖的也正是"存木香"悬挂在茶品展示厅里的祖训了："先祖留给我们的米饭和肉都在茶树上了！"茶树已经是这片土地留给后人的最贴心的遗产。

六

他们说，从前的龙潭，有两只白鸟日夜守着，树叶、草茎和其他杂物掉在碧水上，白鸟都会把它们叼走。

现在，龙潭已经被夷为平地。佛房所在处已是耕地，芭蕉枯萎，风干的玉米秆在早春的风里发出金属相碰的碎响。几棵树上残留的柿子,早就红了,红过了。眼下的红,是在红里寻找红、抓住红,是义无反顾的红呢,还是暮色将尽的红,抑或是本质上的红与反节令的红共同构造出来的一种意外之红,没有人知道。核桃树是最近几年新植的,一根根老虎尾巴一样的枝条,没有叶片,绷得极其光溜、直爽,欲望闪着光,赤裸裸的但又异常干净,与遍地的鬼针草形成了某种含混不清的对比关系。一个高80厘米、直径60厘米的石香炉安放在龙潭与土丘交界的埂沿上,它是我们平时所见的瓷陶香炉的大黑天神,粗粝、雄壮、沉郁,若非历史上气象恢宏的拉祜族五佛地东主中心佛房难以匹配。五佛,即安康的南栅佛、文东的芒大佛、东朗的东主佛、竹塘的广明佛和拉巴的委盼佛,称为"五佛祖地"。东朗的东主佛即池塘佛房,以上各佛房开展重大活动,由东主中心佛房批准。《新纂云南通志》:"相传四百年前,有一僧来自大理,至蛮大,劝人改心为善。土人见其举止尊严,仪表若仙,于是卡瓦、倮黑相率归化,此上下改心之名所由昉也。此僧教化大行,诸蛮畏服,呼佛爷而不名,乃建蛮大佛寺,一切经典,概如中国五经之类,其教所及,奄有上下改心及六佛诸地。"文中所说的"蛮大佛寺",显然说的是文东的芒大佛房,不是忙糯的东主中心佛房,但据此推测,宗教地位更高的东主中心佛房也应该是如此建立起来的。石香炉之上矗立的佛房作为这个僧人最先抵达并修建的中心佛房,也许规模更加恢宏。至于这个僧人，应该就是杨德渊，他在建起东主中心佛房后，又去了包括芒大（蛮大）等地，建起了一系列的佛房。民间传说，"杨和尚"在五佛地所属村寨均建了佛房，派驻了堂主（掌爷）与和尚，这些人都听他调遣，唯命是从。而五佛地东主中心佛房下辖临沧、双江、澜沧、西盟、孟连各地的佛房，号召力极其强大。这样的传说，无疑将五佛地东主中心佛房的地位抬升到了比肩澜沧南栅中心佛房的高度，让我们很难测度这两个中心佛房究竟谁才是当时鸡足山大乘教在倮黑大山的领导中枢。不过，有一点是确定的：杨德渊离开鸡足山后，他传教的第一站是忙糯，而其继承人铜金即张辅国也一直把忙糯当成了故乡和大本营，他的儿子张秉权，孙子张登发、张征良，重孙张石保、张朝文，也都一直生活在忙糯并领导了三次拉祜族起义。从这个角度分析，池塘村的这片废墟——五佛地东主中心佛房更像是拉祜族"佛王时代"大乘教的"圣地"，而澜沧南栅中心佛房则像是杨德渊和铜金向南扩大宗教势力并与孟连宣抚司对抗或"抢地"的一个江南根据地。我曾与勐海著名拉祜族茶人崔琳谈论过五佛地东主中心佛房，她说，在她的记忆中，以前常有拉祜族老人带上水罐或竹筒，从勐海出发，过澜沧县，渡澜沧江，进入倮黑山，跋涉千山万水，徒步到池塘村的龙潭取"圣水"，拜佛房。但最近这些年没有这种人了。当然，折中的说法是，池塘村中心佛房是"东主中心",是中心之一,南栅佛房是"西主中心"或"南主中心",亦是中心之一,分别有自己的角色和使命。

佛房毁于哪一次起义战火?旁边卧石上星云图一样的石刻、小必地"天下人多"石刻和老林寨与上必地两处天书石刻又是产生于何时,隐藏着什么寓合或秘密?只有时间才会给出答案。在池塘村长大的双江县融媒体中心主任李发良,绘声绘色地向我描述过池塘自然村四周的九座青山,以传说的方式阐释了龙潭边"九龙汲水"的神奇画面——青山化龙,破空而来,霞光遍及万物,池塘村的一草一石一鸟一虫熠熠生辉。仙乐不知从何而起,梵音不知何时而终,金龙汲琼浆,人间无处不甘露。也就是在我伫立于池塘村两处石刻之间的油菜花地里仰望九座青山之际,想着池塘村300亩茶地在此清凉的九座山上,那龙身上出产的茶叶,滋味应该是何等的美妙。小路上突然出现了三个年轻人和一个中年人。他们的手上分别捧着一只鸡、一碗米、一杯茶,还拿着一瓶酒和三炷香,朝着佛房废墟边的龙潭走去。我没有丝毫犹豫,走到他们所走的小路上,快步跟上了他们。他们不在意陌生人加入,四张黝黑、略显疲倦的脸还转过来对着我泛出了朴素的笑意。龙潭变成的平地上长满了杂草,中央却十分突兀地有着一块半截埋在地下半截露在外面的巨石。几个人把手上的祭物放到巨石下,那个中年人先把一块红布放在石头上,然后把手上握着的三炷香用打火机点燃，口中念念有词，对着石头拜三拜，跪下叩首，站起，又拜，又跪下，又站起，又拜，又跪下，站起，又拜，又跪下，又站起。其他三个年轻人也分别像中年人那样祭拜之后，米、茶、酒留在了石头下，其中一人把煮过的那只鸡又端到了手上，准备带回家去。我凑近巨石，见上面长满了褐色或灰白色的苔藓，一汪鲜血刚凝固不久，就问中年人，这鲜血从何而来，他一笑，用手指了指青年人捧着的那只鸡——早上8点，是他在巨石边宰杀了这只鸡。先拜代表水龙王的巨石，杀鸡，把血放到巨石上，再把刚死的鸡抛到空中，如果鸡身掉下来匍匐在地，说明祈求的事情没有得到水龙王的应许，如果鸡身四脚朝天，一分钟之内一动不动，说明祈求之事是水龙王应许的。他说，今天是个属龙的日子，一切都很顺利，水龙王没有拒绝他们的祈求：三个年轻人，决定以集资的方式筹一笔钱（已经有1万多），重新恢复龙潭，甚至慢慢地恢复东主中心佛房，工程下午就动工。

中年男人名叫陶田，拉祜族，50岁，江对岸的景谷人。三位拉祜族年轻人分别叫李光福、李发昌、李光红，其中李光红是池塘自然村第一村民小组组长。陶田在20岁左右是一位卡车司机，一直梦想有一辆属于自己的卡车。后来，他贷款10万元买了一辆卡车，梦想实现了却因为喝酒驾车，把车开翻了。生命没有丢掉，梦想的得与失出现在短时间内，一切都令他万念俱灰。23岁那年,他去了塔包树缅寺,出家做了和尚,又在3年后还俗,做了民间祭司,并且从故乡景谷来到双江,开了一家殡葬公司。离开龙潭,我们来到李光红家,陶田让李光红把带回来的那只鸡继续煮上,开玩笑地说是要给李光红做一次"鸡卦",替其讨个好媳妇。趁着煮鸡和"鸡卦"开始前的空闲,我与陶田一边饮酒,一边闲聊——我从不在早上饮酒,但陶田说如果我不饮酒,他就不与我交流。或许还有一个原因:一些人鬼神之间的事,说出来,他也需要以酒壮胆。陶田在向我展示了一串古老的念珠和一个疑似熊牙的护身符后,依次出示了他作为祭司的法器:

1. 一对铜质的"雷楔子",他说从他诞生那天起就跟在他身上了,削其粉末以水或酒喝下,可以避邪,昨晚还有一个小孩喝过;

2. 拳头大的一个铜香炉,用刀敲击,铮铮之声安魂、镇邪;

3. 曾祖父传下来的牛角尖刀,没有说功用;

4. 一对牛角制成的大卦和小卦,前提是做此大卦与小卦的牛角,取之于被雷劈死的牛;

5. 铜铃,长长的铃把是一个金刚杵;

6. 八把大小不一的犁头,他说,烧红了他可以用手指去拣选;

7. 猛禽之齿一个,他说是秘器,不能说是什么;

8. 一个铝盒,打开后里面放着一张陈旧的蓝纸,上面写着密密麻麻的民族文字，像咒语。

做"鸡卦"时，陶田分别取了鸡的两条腿和鸡头。剥去一条鸡腿上的肉，把一根牙齿插在鸡腿骨上，认真看了看鸡骨的颜色与肌理，陶田说此卦是"二千头"，是上虎牙卦，政府、社会和家族都会支持村民恢复龙潭。另一条鸡腿，陶田以相同的手法剥肉，看过后，也说是"二千头"，上虎牙卦，预示着来采访的人没有沾上邪灵，可以平安地回去。剥鸡头不能对着人，陶田转过身去，很快剥除了鸡头上的皮肉，转过身来，手指上拿着的就是鸡的头盖骨和鸡唇骨。他说，鸡的上唇骨是红色的，说明做这事不会有口舌是非，做的人还有官运；他把叉状的鸡的上唇骨放在下唇骨上，上唇骨没有从下唇骨的空隙间掉下，他说，凡事都平安，大吉大利；他向在座的人们展示鸡的头盖骨，光滑，亮堂，大叫一声"好"，又将鸡的头髓去掉，说不仅骨头亮堂，而且财路是红的，可以做事。总之，他说："这是一个好卦。"

陶田说卦的时候，有几束阳光照进了李光红家凌乱的院子，忙糯河的水发出的响声非常清亮，它们在某些瞬间反复让我走神。我不确定，这同样动人心旌的光与水，它们与法器和鸡骨之间是否有着某种秘而不宣的关联。尤其是当一束阳光不偏不倚地照亮木桌上的铜香炉的时候，我的耳中响起了一阵阵刀背敲击铜香炉的响声。

茶山
CHA SHAN

图书在版编目（CIP）数据

茶山 / 雷平阳著. --桂林：广西师范大学出版社，2024.7

（雷平阳作品系列）

ISBN 978-7-5598-7002-5

Ⅰ．①茶… Ⅱ．①雷… Ⅲ．①散文集－中国－当代 Ⅳ．①I267

中国国家版本馆 CIP 数据核字（2024）第 104387 号

广西师范大学出版社出版发行

广西桂林市五里店路 9 号　　邮政编码：541004

网址：http://www.bbtpress.com

出版人：黄轩庄

全国新华书店经销

广西广大印务有限责任公司印刷

桂林市临桂区秧塘工业园西城大道北侧广西师范大学出版社集团有限公司创意产业园内　　邮政编码：541199

开本：787 mm × 1 092 mm　1/32

印张：7.625　　　　字数：130 千

2024 年 7 月第 1 版　　2024 年 7 月第 1 次印刷

印数：0 001~6 000 册　定价：46.00 元

如发现印装质量问题，影响阅读，请与出版社发行部门联系调换。